Gabriel García Márquez

PLAZA  JANÉS

Gabriel García Márquez nació en Aracataca (Colombia) en 1928. Se inició en el periodismo, actividad que aún sigue ejerciendo como colaborador habitual de diversos periódicos y publicaciones. Residió largas temporadas en México y España. En 1967 alcanzó celebridad internacional con *Cien años de soledad*, una de las novelas más importantes de este siglo. Doctor *honoris causa* por la Universidad de Columbia (1971), en 1982 fue galardonado con el Premio Nobel de Literatura. Su fecunda trayectoria le ha convertido en uno de los escritores más destacados de las letras universales.

Gabriel García Márquez

La hojarasca

PLAZA & JANÉS EDITORES, S.A.

Diseño de la portada: Judit Commeleran
Ilustración de la portada: Rubén B. Herrera

Sexta edición: abril, 2000
(Cuarta con esta portada)

© 1954, Gabriel García Márquez
© de la presente edición: 1998, Plaza & Janés Editores, S. A.
  Travessera de Gràcia, 47-49. 08021 Barcelona

Printed in Spain – Impreso en España

ISBN: 84-01-42754-1
Depósito legal: B. 18.845 - 2000

Fotocomposición: Víctor Igual, S. L.

Impreso en Rotoplec
Energía, 53
Sant Andreu de la Barca (Barcelona)

L 4 2 7 5 4 A

Y respecto del cadáver de Poli-nice, que miserablemente ha muer-to, dicen que ha publicado un bando para que ningún ciudadano lo en-tierre ni lo llore, sino que insepulto y sin los honores del llanto, lo dejen para sabrosa presa de las aves que se abalancen a devorarlo. Ese bando dicen que el bueno de Creonte ha hecho pregonar por ti y por mí, quiere decir que por mí; y me ven-drá aquí para anunciar esa orden a los que no la conocen; y que la cosa se ha de tomar no de cualquier ma-nera, porque quien se atreva a hacer algo de lo que prohíbe será lapidado por el pueblo.

(De «Antígona»)

De pronto, como si un remolino hubiera echado raíces en el centro del pueblo, llegó la compañía bananera perseguida por la hojarasca. Era una hojarasca revuelta, alborotada, formada por los desperdicios humanos y materiales de los otros pueblos: rastrojos de una guerra civil que cada vez parecía más remota e inverosímil. La hojarasca era implacable. Todo lo contaminaba de su revuelto olor multitudinario, olor de secreción a flor de piel y de recóndita muerte. En menos de un año arrojó sobre el pueblo los escombros de numerosas catástrofes anteriores a ella misma, esparció en las calles su confusa carga de desperdicios. Y esos desperdicios, precipitadamente, al compás atolondrado e imprevisto de la tormenta, se iban seleccionando, individualizándose hasta convertir lo que fue un callejón con un río en un extremo y un corral para los muertos en el otro, en un pueblo diferente y complicado, hecho con los desperdicios de los otros pueblos.

Allí vinieron, confundidos con la hojarasca humana, arrastrados por su impetuosa fuerza, los desperdicios de los almacenes, de los hospitales, de los salones de diversión, de las plantas eléctricas, desperdicios de mujeres solas y de hombres que amarraban la mula en un horcón del hotel, trayendo como un único equipaje un baúl de madera o un atadillo de ropa, y a los pocos meses tenían casa propia, dos concubinas y el título militar que les quedaron debiendo por haber llegado tarde a la guerra.

Hasta los desperdicios del amor triste de las ciudades nos llegaron en la hojarasca y construyeron pequeñas casas de madera, e hicieron primero un rincón donde medio catre era el sombrío hogar para una noche, y después una ruidosa calle clandestina, y después todo un pueblo de tolerancia dentro del pueblo.

En medio de aquel ventisquero, de aquella tempestad de caras desconocidas, de toldos en la vía pública, de hombres cambiándose de ropa en la calle, de mujeres sentadas en los baúles con los paraguas abiertos, y de mulas y mulas abandonadas, muriéndose de hambre en la cuadra del hotel, los primeros éramos los últimos; nosotros éramos los forasteros; los advenedizos.

Después de la guerra, cuando vinimos a Macondo y apreciamos la calidad de su suelo, sabíamos que la hojarasca había de venir alguna vez, pero no contábamos con su ímpetu. Así

que cuando sentimos llegar la avalancha lo único que pudimos hacer fue poner el plato con el
tenedor y el cuchillo detrás de la puerta y sentarnos pacientemente a esperar que nos conocie-
ran los recién llegados. Entonces pitó el tren por
primera vez. La hojarasca volteó y salió a recibirlo y con la vuelta perdió el impulso, pero logró unidad y solidez; y sufrió el natural proceso
de fermentación y se incorporó a los gérmenes
de la tierra.

(Macondo, 1909)

1

Por primera vez he visto un cadáver. Es miércoles, pero siento como si fuera domingo porque no he ido a la escuela y me han puesto este vestido de pana verde que me aprieta en alguna parte. De la mano de mamá, siguiendo a mi abuelo que tantea con el bastón a cada paso para no tropezar con las cosas (no ve bien en la penumbra, y cojea), he pasado frente al espejo de la sala y me he visto de cuerpo entero, vestido de verde y con este blanco lazo almidonado que me aprieta a un lado del cuello. Me he visto en la redonda luna manchada y he pensado: *Ése soy yo, como si hoy fuera domingo.*

Hemos venido a la casa donde está el muerto.

El calor es sofocante en la pieza cerrada. Se oye el zumbido del sol por las calles, pero nada más. El aire es estancado, concreto; se siente la impresión de que podría torcérsele como una lámina de acero. En la habitación donde han puesto el cadáver huele a baúles, pero no los veo por ninguna parte. Hay una hamaca en el rincón, colgada de la argolla por uno de sus extremos. Hay un olor a desperdicios. Y creo que las cosas arruinadas y casi deshechas que nos rodean tienen el aspecto de las cosas que deben oler a desperdicios aunque realmente tengan otro olor.

Siempre creí que los muertos debían tener sombrero. Ahora veo que no. Veo que tienen la cabeza acerada y un pañuelo amarrado en la mandíbula. Veo que tienen la boca un poco abierta y que se ven, detrás de los labios morados, los dientes manchados e irregulares. Veo que tienen la lengua mordida a un lado, gruesa y pastosa, un poco más oscura que el color de la cara, que es como el de los dedos cuando se les aprieta con un cáñamo. Veo que tienen los ojos abiertos, mucho más que los de un hombre; ansiosos y desorbitados, y que la piel parece ser de tierra apretada y húmeda. Creí que un muerto parecía una persona quieta y dormida y ahora veo que es todo lo contrario. Veo que parece una persona despierta y rabiosa después de una pelea.

Mamá también se ha vestido como si fuera domingo. Se ha puesto el antiguo sombrero de paja que le cubre las orejas, y un vestido negro, cerrado arriba, con mangas hasta los puños. Como hoy es miércoles, la veo lejana, desconocida, y tengo la impresión de que quiere decirme algo mientras mi abuelo se levanta a recibir a los hombres que han traído el ataúd. Mamá está sentada a mi lado, de espaldas a la ventana clausurada. Respira trabajosamente y a cada instante se compone las hebras de cabello que salen por debajo del sombrero puesto a la carrera. Mi abuelo ha ordenado a los hombres que pongan el ataúd junto a la cama. Sólo entonces me he dado cuenta de que sí puede caber el muerto dentro de él. Cuando los hombres trajeron la caja tuve la impresión de que era demasiado pequeña para un cuerpo que ocupa todo el largo del lecho.

No sé por qué me han traído. Nunca había entrado en esta casa y hasta creí que estaba deshabitada. Es una casa grande, en esquina, cuyas puertas, creo, no han sido abiertas nunca. Siempre creí que la casa estaba desocupada. Sólo ahora, después de que mamá me dijo: «Esta tarde no irás a la escuela» y yo no sentí alegría porque me lo dijo con la voz grave y reservada; y la vi regresar con mi vestido de pana y me lo puso sin hablar y salimos a la puerta a juntarnos con mi abuelo; y caminamos las tres casas que separan ésta de la nuestra, sólo ahora me he dado cuenta de que alguien vivía en esta esquina. Alguien que ha muerto y que debe ser el hombre a quien se refirió mi madre cuando dijo: «Tienes que estar muy juicioso en el entierro del doctor.»

Al entrar no vi al muerto. Vi a mi abuelo en la puerta, hablando con los hombres, y lo vi después dándonos la orden de seguir adelante. Creí entonces que había alguien en la habitación, pero al entrar la sentí oscura y vacía. El calor me golpeó el rostro desde el primer momento y sentí este olor a desperdicios que era sólido y permanente al principio y que ahora, como el calor, llega en ondas espaciadas y desaparece. Mamá me condujo de la mano por la habitación oscura y me sentó a su lado, en un rincón. Sólo después de un momento empecé a distinguir las cosas. Vi a mi abuelo tratando de abrir una ventana que parece adherida a sus bordes, soldada con la madera del marco, y lo vi dando bastonazos contra los picaportes, el saco lleno de polvo que se desprendía a cada sacudida. Volví la cara a donde se movió mi abuelo cuando se declaró impotente para abrir la ventana y sólo entonces vi que había alguien en la cama. Había un hombre oscuro, estirado, inmóvil. Entonces hice girar la cabeza hacia el lado de mamá, que permanecía lejana y seria, mirando hacia otro lugar de la habitación. Como los pies no me llegan hasta el suelo sino que quedan suspendidos en el aire, a una cuarta del piso, coloqué las manos debajo de los muslos, apoyadas las palmas contra el asiento, y empecé a balancear las piernas, sin pensar en nada, hasta cuando recordé que mamá me había dicho: «Tienes que estar muy juicioso en el entierro del doctor.» Entonces sentí algo frío a mis espaldas, volví a mirar y no vi sino la pared de madera seca y agrietada. Pero fue como si alguien me hubiera dicho desde la pared: «No muevas las piernas, que el hombre que está en la cama es el doctor y está muerto.» Y cuando miré hacia la cama, ya no lo vi como antes. Ya no lo vi acostado sino muerto.

Desde entonces, por mucho que me esfuerce por no mirarlo, siento como si alguien me sujetara la cara hacia ese lado. Y aunque haga esfuerzos por mirar hacia otros lugares de la habitación, lo veo de todos modos, en cualquier parte, con los ojos desorbitados y la cara verde y muerta en la oscuridad.

No sé por qué no ha venido nadie al entierro. Hemos venido mi abuelo, mamá y los cuatro guajiros que trabajan para mi abuelo. Los hombres han traído una bolsa de cal y la han vaciado dentro del ataúd. Si mi madre no estuviera extraña y distraída, le preguntaría por qué hacen eso. No entiendo por qué tienen que regar cal dentro de la caja. Cuando la bolsa quedó vacía, uno de los hombres la sacudió sobre el ataúd y todavía cayeron las últimas virutas, más parecidas al aserrín que a la cal. Han levantado al muerto por los hombros y los pies. Tiene un pantalón ordinario, sujeto a la cintura por una correa ancha y negra, y una camisa gris. Sólo tiene puesto el zapato izquierdo. Está, como dice

Ada, con un pie rey y el otro esclavo. El zapato derecho está tirado a un extremo de la cama. En el lecho parecía como si el muerto estuviera con dificultad. En el ataúd parece más cómodo, más tranquilo, y el rostro que era el de un hombre vivo y despierto después de una pelea, ha adquirido una vuelta reposada y segura. El perfil se vuelve suave; y es como si allí, en la caja, se sintiera ya en el lugar que le corresponde como muerto.

Mi abuelo ha estado moviéndose en la habitación. Ha recogido algunos objetos y los ha colocado en la caja. He vuelto a mirar a mamá con la esperanza de que me diga por qué mi abuelo está echando cosas en el ataúd. Pero mi madre permanece imperturbable dentro del traje negro, y parece esforzarse por no mirar hacia el lugar donde está el muerto. Yo también quiero hacerlo, pero no puedo. Lo miro fijamente, lo examino. Mi abuelo echa un libro dentro del ataúd, hace una señal a los hombres y tres de ellos colocan la tapa sobre el cadáver. Sólo entonces me siento liberado de las manos que me sujetaban la cabeza hacia ese lado y empiezo a examinar la habitación.

Vuelvo a mirar a mi madre. Ella, por la primera vez desde cuando vinimos a la casa, me mira y sonríe con una sonrisa forzada, sin nada por dentro; y oigo a lo lejos el pito del tren que se pierde en la última vuelta. Siento un ruido en el rincón donde está el cadáver. Veo que uno de los hombres levanta un extremo de la tapa, y que mi abuelo introduce en el ataúd el zapato del muerto, el que se había olvidado en la cama. Vuelve a pitar el tren, cada vez más distante, y pienso de repente: «Son las dos y media.» Y recuerdo que a esta hora (mientras el tren pita en la última vuelta del pueblo) los muchachos están haciendo filas en la escuela para asistir a la primera clase de la tarde.

«Abraham», pienso.

....

No he debido traer al niño. No le conviene este espectáculo. A mí misma, que voy a cumplir treinta años, me perjudica este ambiente enrarecido por la presencia del cadáver. Podríamos salir ahora. Podríamos decir a papá que no nos sentimos bien en un cuarto en el que se han acumulado, durante diecisiete años, los residuos de un hombre desvinculado de todo lo que pueda ser considerado como afecto o agradecimiento. Quizás ha sido mi padre la única persona que ha sentido por él alguna simpatía. Una inexplicable simpatía que ahora le sirve para no pudrirse dentro de estas cuatro paredes.

Me preocupa la ridiculez que hay en todo esto. Me intranquiliza la idea de que salgamos a la calle, dentro de un momento, siguiendo un ataúd que a nadie inspirará un sentimiento distinto de la complacencia. Imagino la expresión de las mujeres en las ventanas, viendo pasar a mi padre, viéndome pasar con el niño detrás de una caja mortuoria en cuyo interior se va pudriendo la única persona a quien el pueblo había querido ver así, conducido al cementerio en medio de un implacable abandono, seguida por las tres personas que decidieron hacer la obra de misericordia que ha de ser el principio de su propia vergüenza. Es posible que esta determinación de papá sea la causa de que mañana no se encuentre nadie dispuesto a seguir nuestro entierro.

Tal vez por eso he traído al niño. Cuando papá me dijo hace un momento: «Tiene que acompañarme», lo primero que se me ocurrió fue traer también al niño para sentirme protegida. Ahora estamos aquí, en esta sofocante tarde de septiembre, sintiendo que las cosas que nos rodean son los agentes despiadados de nuestros enemigos. Papá no tiene por qué preocuparse. En realidad se ha pasado la vida haciendo cosas como ésta; dándole a morder piedras al pueblo, cumpliendo con sus más insignificantes compromisos de espaldas a todas las conveniencias. Desde hace veinticinco años, cuando este hombre llegó a nuestra casa, papá debió suponer (al advertir las maneras absurdas del visitante) que hoy no habría en el pueblo una persona dispuesta ni siquiera a echar el cadáver a los gallinazos.

Quizás papá había previsto todos los obstáculos, medido y calculado los posibles inconvenientes. Y ahora, veinticinco años después, debe sentir que esto es apenas el cumplimiento de una tarea largamente premeditada, que habría llevado a cabo de todos modos, así hubiera tenido que arrastrar él mismo el cadáver por las calles de Macondo.

Sin embargo, llegada la hora, no ha tenido el valor para hacerlo solo y me ha obligado a participar de ese intolerable compromiso que debió de contraer mucho antes de que yo tuviera uso de razón. Cuando me dijo: «Tiene que acompañarme», no me dio tiempo a pensar en el alcance de sus palabras; no pude calcular lo mucho de ridículo y vergonzoso que hay en esto de enterrar a un hombre a quien toda la gente había esperado ver convertido en polvo dentro de su madriguera. Porque la gente no sólo había esperado eso, sino que se había preparado para que las cosas sucedieran de ese modo y lo habían esperado de corazón, sin remordimiento y hasta con la satisfacción anticipada de sentir algún día el gozoso olor de su descomposición, flotando en el cuerpo, sin que nadie se sintiera conmovido, alarmado o escandalizado, sino satisfecho de ver llegada la hora apetecida, deseando que la situación se prolongara hasta cuando el torcido olor del muerto saciara hasta los más recónditos resentimientos.

Ahora nosotros privaremos a Macondo de un placer largamente deseado. Siento como si, en cierta manera, esta determinación nuestra hiciera nacer en el corazón de la gente, no el melancólico sentimiento de una frustración, sino el de un aplazamiento.

También por eso he debido dejar al niño en casa; para no comprometerlo en esta confabulación que ahora se encarnizará en nosotros como lo ha hecho en el doctor durante diez años. El niño ha debido permanecer al margen de este compromiso. Ni siquiera sabe por qué está aquí, por qué lo hemos traído a este cuarto lleno de escombros. Permanece silencioso, perplejo, como si esperara que alguien le explique el significado de todo esto; como si aguardara, sentado, balanceando las piernas y con las manos apoyadas en la silla, que alguien le descifre este espantoso acertijo. Deseo estar segura de que nadie lo hará; de que nadie abrirá esa puerta invisible que le impide penetrar más allá del alcance de sus sentidos.

Varias veces me ha mirado y yo sé que me ha visto extraña, desconocida, con ese traje cerrado y este sombrero antiguo que me he puesto, para no ser identificada ni siquiera por mis propios presentimientos.

Si Meme estuviera viva, aquí en la casa, tal vez sería distinto. Podría creerse que vine por ella. Podría creerse que vine a participar de un dolor que ella no habría sentido, pero que habría podido aparentar y que el pueblo habría podido explicarse. Meme desapareció hace alrededor de once años. La muerte del doctor acaba con la posibilidad de conocer su paradero, o, al menos, el paradero de sus huesos. Meme no está aquí, pero es probable que de haber estado —si no hubiera sucedido lo que sucedió, y que nunca se pudo esclarecer— se habría puesto de lado del pueblo y en contra del hombre que durante seis años calentó su lecho con tanto amor y tanta humanidad como habría podido hacerlo un mulo.

Oigo pitar el tren en la última vuelta. «Son las dos y media», pienso: y no puedo sortear la idea de que a esta hora todo Macondo está pendiente de lo que hacemos en esta casa.

Pienso en la señora Rebeca, flaca y apergaminada, con algo de fantasma doméstico en el mirar y el vestir, sentada junto al ventilador eléctrico y con el rostro sombreado por las alambreras de sus ventanas. Mientras oye el tren que se pierde en la última vuelta, la señora Rebeca inclina la cabeza hacia el ventilador, atormentada por la temperatura y el resentimiento, con las aspas de su corazón girando como las paletas del ventilador (pero en sentido inverso), y murmura: «El diablo tiene la mano en todo esto», y se estremece, atada a la vida por las minúsculas raíces de lo cotidiano.

Y Águeda, la tullida, viendo a Solita que regresa de la estación después de despedir a su novio; viéndola abrir la sombrilla al voltear la esquina desierta; sintiéndola acercarse con el regocijo sexual que ella misma tuvo alguna vez y que se le transformó en esa paciente enfermedad religiosa que la hace decir: «Te revolcarás en la cama como un cerdo en su muladar.»

No puedo abandonar esta idea. No pensar que son las dos y media; que pasa la mula del correo envuelta en una polvareda abrasante, seguida por los hombres que han interrumpido la siesta del miércoles para recibir el paquete de los periódicos. El padre Ángel, sentado, duerme en la sacristía, con un breviario abierto sobre el vientre grasoso, oyendo pasar la mula del correo, sacudiendo las moscas que le atormentan el sueño, eructando, diciendo: «Me envenenas con tus albóndigas.»

Papá tiene la sangre fría para todo esto. Hasta para ordenar que destapen el ataúd y coloquen el zapato que se olvidaba en la cama. Sólo él podía interesarse en la ordinariez de este hombre. No me sorprendería que cuando salgamos con el cadáver la multitud esté aguardándonos a la puerta con los excrementos acumulados durante la noche y nos den un baño de inmundicias por interferir la voluntad del pueblo. Tal vez por tratarse de algo tan indigno como esto de frustrarle al pueblo un placer prolongadamente apetecido, imaginado durante muchas tardes sofocantes, cada vez que hombres y mujeres pasaban por esta casa y se decían: «Tarde o temprano almorzaremos con este olor.» Porque eso decían todos, desde la primera casa hasta la última.

Dentro de un momento serán las tres. Ya la *Señorita* lo sabe. La señora Rebeca la vio pasar y la llamó, invisible detrás de la alambrera, y salió por un instante de la órbita del ventilador y le dijo: «Señorita es el diablo. Usted sabe.» Y mañana ya no será mi hijo quien asista a la escuela, sino otro niño completamente distinto; un niño que crecerá, se reproducirá, y morirá al fin, sin que nadie tenga con él una deuda de gratitud que le acredite para ser enterrado como un cristiano.

Ahora estaría yo en la casa, tranquila, si hace veinticinco años no hubiera llegado este hombre donde mi padre con una carta de recomendación que nadie supo nunca de dónde vino y se hubiera quedado entre nosotros, alimentándose de hierba y mirando a las mujeres con esos codiciosos ojos de perro que le han saltado de las órbitas. Pero mi castigo estaba escrito desde antes de mi nacimiento y había permanecido oculto, reprimido, hasta este mortal año bisiesto en que fuera a cumplir treinta de mi nacimiento y mi padre me dijera: «Tiene que acompañarme.» Y después, antes de que yo tuviera tiempo de preguntar, golpeando el piso con el bastón: «Hay que salir de esto como sea, hija. El doctor se ahorcó esta madrugada.»

....

Los hombres salieron y retornaron a la habitación con un martillo y una caja de clavos. Pero no han clavado el ataúd. Colocaron las cosas en la mesa y se sentaron en la cama donde estuvo el muerto. Mi abuelo parece tranquilo, pero su tranquilidad es imperfecta y desesperada. No es la tranquilidad del cadáver en el ataúd, sino la del hombre impaciente que se esfuerza para no parecerlo. Es una tranquilidad inconforme y ansiosa la de mi abuelo que da vueltas en la habitación, cojeando, removiendo los objetos amontonados.

Cuando descubro que hay moscas en la habitación comienza a torturarme la idea de que el ataúd ha quedado lleno de moscas. Todavía no lo han clavado, pero me parece que ese zumbido que confundí al principio con el rumor de un ventilador eléctrico en el vecindario, es el tropel de las moscas golpeando, ciegas, contra las paredes del ataúd y la cara del muerto. Sacudo la cabeza; cierro los ojos; veo a mi abuelo que abre un baúl y saca algunas cosas que no alcanzo a distinguir; veo en la cama las cuatro brasas sin nadie de los tabacos encendidos. Acosado por el calor sofocante, por el minuto que no transcurre, por el zumbido de las moscas, siento como si alguien me dijera: «*Estarás así. Estarás dentro de un ataúd lleno de moscas. Apenas vas a cumplir once años, pero algún día estarás así, abandonado a las moscas dentro de una caja cerrada.*» Y estiro las piernas juntas, y veo mis propias botas negras y lustradas. «*Tengo un cordón suelto*», pienso, y vuelvo a mirar a mamá. Ella también me mira y se inclina a atarme el cordón de la bota.

El vaho que se levanta de la cabeza de mamá, caliente y oloroso a tufo de armario; oloroso a madera dormida, vuelve a recordarme el claustro del ataúd. La respiración se me vuelve difícil, deseo salir de aquí; deseo respirar el aire abrasado de la calle, y acudo a mi recurso extremo. Cuando mamá se incorpora le digo en voz baja: «¡Mamá!» Ella sonríe, dice: «Aha.» Y yo, inclinándome hacia ella, hacia su rostro crudo y brillante, temblando: «Tengo ganas de ir allá atrás.»

Mamá llama a mi abuelo, le dice algo. Yo veo sus ojos estrechos e inmóviles detrás de los cristales, cuando él se acerca y me dice: «Pues sepa que ahora es imposible.» Y me estiro y luego permanezco quieto, indiferente a mi fracaso. Pero otra vez las cosas suceden con demasiada lentitud. Hubo un movimiento rápido, otro y otro. Y después otra vez mamá inclinada sobre mi hombro, diciendo: «¿Ya te pasó?» Y lo dice con voz seria y concreta, como si más que una pregunta fuera una recriminación. Tengo el vientre seco y duro, pero la pregunta de mamá lo ablanda, lo deja lleno y laxo, y entonces todo, hasta la seriedad de ella, se me vuelve agresivo, desafiante. «No», le digo. «Todavía no ha pasado.» Me aprieto el estómago y trato de golpear el piso con los pies (otro recurso extremo), pero sólo encuentro el vacío, abajo; la distancia que me separa del suelo.

Alguien entra a la habitación. Es uno de los hombres de mi abuelo, seguido por un agente de la policía y un hombre que viste también pantalón de dril verde, lleva cinturón con revólver y sostiene en la mano un sombrero de ala ancha y volteada. Mi abuelo se adelanta a recibirlo. El hombre del pantalón verde tose en la oscuridad, dice algo a mi abuelo, vuelve a toser; y tosiendo aún ordena al agente violentar la ventana.

Las paredes de madera tienen una apariencia deleznable. Parecen construidas con ceniza fría y apelmazada. Cuando el agente golpea el picaporte con la culata del fusil, tengo la impresión de que no se abrirán las puertas. La casa se vendrá abajo, desmoronadas las paredes pero sin estrépito, como un palacio de ceniza se derrumbaría en el aire. Creo que a un segundo golpe quedaremos en la calle, a pleno sol, sentados, con la cabeza cubierta de escombros. Pero al segundo golpe la ventana se abre y la luz penetra a la habitación; irrumpe violentamente, como cuando se abre la puerta a un animal sin dirección, que corre y husmea, mudo; que rabia y araña las paredes, babeando, y retorna después a echarse, pacífico, en el rincón más fresco de la trampa.

Al abrirse la ventana las cosas se hacen visibles pero se consolidan en su extraña irrealidad. Entonces mamá respira hondo, me tiende las manos, me dice: «Ven, vamos a ver la casa por la ventana.» Y desde sus brazos veo otra vez el pueblo, como si regresara a él después de un viaje. Veo nuestra casa descolorida y arruinada, pero fresca bajo los almendros; y siento desde aquí como si nunca hubiera estado dentro de esa frescura verde y cordial, como si la nuestra fuera la perfecta casa imaginaria prometida por mi madre en mis noches de pesadilla. Y veo a Pepe que pasa sin vernos, distraído. El muchachito de la casa vecina que pasa silbando, transformado y desconocido, como si acabara de cortarse el cabello.

. . . .

Entonces el alcalde se incorpora, la camisa abierta, sudorosa, enteramente trastornada la expresión. Se acerca a mí congestionado por la exaltación que le produce su propio argumento. «No podemos asegurar que está muerto mientras no empiece a oler», dice, y acaba de abotonarse la camisa y enciende un cigarrillo, el rostro vuelto de nuevo hacia el ataúd, pensando quizás: *Ahora no pueden decir que estoy fuera de la ley*. Lo miro a los ojos y siento que le he mirado con la firmeza necesaria para hacerle entender que penetro hasta lo más hondo de sus pensamientos. Le digo: «Usted se está colocando fuera de la ley para darle gusto a los demás.» Y él, como si hubiera sido exactamente eso lo que esperaba oír, responde: «Usted es un hombre respetable, coronel. Usted sabe que estoy en mi derecho.» Yo le digo: «Usted más que nadie sabe que está muerto.» Y él dice: «Es cierto, pero después de todo yo no soy más que un funcionario. Lo único legal sería el certificado de defunción.» Y yo le digo: «Si la ley está de su parte, aprovéchela para traer un médico que expida el certificado de defunción.» Y él, con la cabeza levantada, pero sin altanería, pero también calmadamente, pero sin el más ligero asomo de debilidad o desconcierto, dice: «Usted es una persona respetable y sabe que eso sí sería una arbitrariedad.» Al oírlo, yo comprendo que no está tan imbecilizado por el aguardiente como por la cobardía.

Ahora me doy cuenta de que el alcalde comparte los rencores del pueblo. Es un sentimiento alimentado durante diez años, desde aquella noche borrascosa en que trajeron los heridos a la puerta y le gritaron (porque no abrió; habló desde adentro); le gritaron: «Doctor, atienda a estos heridos que ya los otros médicos no dan abasto», y todavía sin abrir (porque la puerta permaneció cerrada, los heridos acostados frente a ella): «Usted es el único médico que nos queda. Tiene que hacer una obra de caridad»; y él respondió (y tampoco entonces se abrió la puerta), imaginado por la turbamulta en la mitad de la sala, la lámpara en alto, iluminados los duros ojos amarillos: «Se me olvidó todo lo que sabía de eso. Llévenlos a otra parte», y siguió (porque desde entonces la puerta no se abrió jamás) con la puerta cerrada mientras el rencor crecía, se ramificaba, se convertía en una virulencia colectiva, que no daría tregua a Macondo en el resto de su vida para que en cada oído siguiera retumbando la sentencia —gritada esa noche— que condenó al doctor a pudrirse detrás de estas paredes.

Transcurrieron todavía diez años sin que bebiera el agua del pueblo, acosado por el temor de que estuviera envenenada; alimentándose con las legumbres que él y su concubina india sembraban en el patio. Ahora el pueblo siente llegar la hora de negarle la piedad que él negó al pueblo hace diez años, y Macondo, que lo sabe muerto (porque todos debieron despertar esta mañana un poco más livianos), se prepara a disfrutar de ese placer esperado, que todos consideran merecido. Sólo desean sentir el olor de la descomposición orgánica detrás de las puertas que no se abrieron aquella vez.

Ahora empiezo a creer que de nada valdrá mi compromiso contra la ferocidad de un pueblo, y que estoy acorralado, cercado por los odios y la impenitencia de una cuadrilla de resentidos. Hasta la iglesia ha encontrado la manera de estar contra mi determinación. El padre Ángel me dijo hace un momento: «Ni siquiera permitiré que sepulten en tierra sagrada a un hombre que se ahorca después de haber vivido sesenta años fuera de Dios. A usted mismo lo vería Nuestro Señor con buenos ojos si se abstiene de llevar a cabo lo que no sería una obra de misericordia, sino un pecado de rebeldía.» Yo le dije: «Enterrar a los muertos, como está escrito, es una obra de misericordia.» Y el padre Ángel dijo: «Sí. Pero en este caso no nos corresponde hacerla a nosotros sino a la sanidad.»

Vine. Llamé a los cuatro guajiros que se han criado en mi casa. Obligué a mi hija Isabel a que me acompañara. Así el acto se convierte en algo más familiar, más humano, menos personalista y desafiante que si yo mismo hubiera arrastrado el cadáver por las calles del pueblo hasta el cementerio. Creo a Macondo capaz de todo después de lo que he visto en lo que va corrido de este siglo. Pero si no han de respetarme a mí, ni siquiera por ser viejo, coronel de la república, y para remate cojo del cuerpo y entero de la conciencia, espero que al menos respeten a mi hija por ser mujer. No lo hago por mí. Tal vez no sea tampoco por la tranquilidad del muerto. Apenas para cumplir con su compromiso sagrado. Si he traído a Isabel no ha sido por cobardía, sino por caridad. Ella ha traído el niño (y entiendo que lo ha hecho por eso mismo) y ahora estamos aquí, los tres, soportando el peso de esta dura emergencia.

Llegamos hace un momento. Creí que encontraríamos el cadáver todavía suspendido del techo, pero los hombres se adelantaron, lo tendieron en la cama y casi lo amortajaron con la secreta convicción de que la cosa no duraría más de una hora. Cuando llego, espero a que traigan el ataúd, veo a mi hija y al niño que se sientan en el rincón y examino la pieza pensando que el doctor puede haber dejado algo que explique su determinación. El escritorio está abierto, lleno de papeles confusos, ninguno escrito por él. En el escritorio está el formulario empastado, el mismo que trajo a la casa hace veinticinco años, cuando abrió aquel baúl enorme dentro del cual habría podido caber la ropa de toda mi familia. Pero no había en el baúl nada más que dos camisas ordinarias, una dentadura postiza que no podía ser suya sencillamente porque tenía su dentadura natural, fuerte y completa; un retrato y un formulario. Abro las gavetas y en todas encuentro papeles impresos; papeles nada más, antiguos, polvorientos; y abajo, en la última gaveta, todavía la dentadura postiza que trajo hace veinticinco años, empolvada, amarilla de tiempo y falta de uso. Sobre la mesita, junto a la lámpara apagada, hay varios paquetes de periódicos sin abrir. Los examino. Están escritos en francés, de hace tres meses los más recientes: *Julio de 1928.* Y hay otros, también sin abrir: *Enero de 1927, noviembre de 1926.* Y los más antiguos: *Octubre de 1919.* Pienso: *Hace nueve años, uno después de pronunciada la sentencia, que no abría los periódicos. Había renunciado desde entonces a lo último que lo vinculaba a su tierra y a su gente.*

Los hombres traen el ataúd y bajan el cadáver. Entonces recuerdo el día de hace veinticinco años en que llegó a mi casa y me entregó la carta de recomendación, fechada en Panamá y dirigida a mí por el Intendente General del Litoral Atlántico a fines de la guerra grande, el coronel Aureliano Buendía. Busco en la oscuridad de aquel baúl sin fondo sus baratijas dispersas. Está sin llave, en el otro rincón, con las mismas cosas que trajo hace veinticinco años. Yo recuerdo: *Tenía dos camisas ordinarias, una caja de dientes, un retrato y ese viejo formulario empastado.* Y voy recogiendo estas cosas antes de que cierren el ataúd y las echo dentro de él. El retrato está todavía en el fondo del baúl, casi en el mismo sitio en que estuvo aquella vez. Es el daguerrotipo de un militar condecorado. Echo el retrato en la caja. Echo la dentadura postiza y finalmente el formulario. Cuando he concluido hago una señal a los hombres para que cierren el ataúd. Pienso: *Ahora está de viaje otra vez. Lo más natural es que en el último se lleve las cosas que le acompañaron en el penúltimo. Por lo menos, eso es lo más natural.* Y entonces me parece verlo, por primera vez, cómodamente muerto.

Examino la habitación y veo que se ha olvidado un zapato en la cama. Hago una nueva señal a mis hombres, con el zapato en la mano, y ellos vuelven a levantar la tapa en el preciso instante en que pita el tren, perdiéndose en la última vuelta del pueblo. «Son las dos y media», pienso. *Las dos y media del 12 de septiembre de 1928; casi la misma hora de ese día de 1903 en que este hombre se sentó por primera vez a nuestra mesa y pidió hierba para comer.* Adelaida le dijo aquella vez: «¿Qué clase de hierba, doctor?» Y él, con su parsimoniosa voz de rumiante, todavía perturbada por la nasalidad: «Hierba común, señora. De esa que comen los burros.»

2

La verdad es que Meme no está en la casa y que nadie podría decir con exactitud cuándo dejó de estar. La vi por última vez hace once años. Todavía tenía en esta esquina el botiquín que las exigencias de los vecinos fueron modificando insensiblemente hasta convertirlo en una miscelánea. Todo muy ordenado, muy compuesto por la escrupulosa y metódica laboriosidad de Meme, que se pasaba el día cosiendo para los vecinos en una de las cuatro *Domestic* que había entonces en el pueblo, o detrás del mostrador, atendiendo a la clientela con esa simpatía de india que nunca dejó de tener y que era al mismo tiempo amplia y reservada; un complejo revoltijo de ingenuidad y desconfianza.

Yo había dejado de ver a Meme desde cuando salió de nuestra casa, pero la verdad es que ya

37

no podría decir con exactitud cuándo vino a vivir a la esquina con el doctor ni cómo pudo ser indigna hasta el extremo de convertirse en la mujer de un hombre que le negó sus servicios, con todo y que ambos compartían la casa de mi padre, ella como hija de crianza y él como huésped permanente. Por mi madrastra supe que el doctor era un hombre de mala índole, que había sostenido un largo alegato con papá para convencerlo de que lo de Meme no revestía ninguna gravedad. Y lo dijo sin haberla visto, sin haberse movido de su cuarto. De todos modos, aunque lo de la guajira no hubiera sido nada más que una dolencia pasajera, habría debido asistirla, apenas por la consideración con que se le trató en nuestra casa durante los ocho años que vivió en ella.

No sé cómo sucedieron las cosas. Sé que un día Meme no amaneció en la casa y él tampoco. Entonces mi madrastra hizo clausurar el cuarto y no volvió a hablar de él hasta hace doce años, cuando cosíamos mi vestido de novia.

Tres o cuatro domingos después de haber abandonado nuestra casa, Meme asistió a la iglesia, a misa de ocho, con un ruidoso traje de seda estampada y un sombrero ridículo que remataba arriba con un ramo de flores artificiales. Siempre la había visto tan sencilla en nuestra casa, descalza la mayor parte del día, que ese domingo en que entró a la iglesia me pareció una

Meme diferente a la nuestra. Oyó la misa adelante, entre las señoras, erguida y afectada, debajo de ese montón de cosas que se había puesto y que la hacían complicadamente nueva, con una novedad espectacular y llena de baratijas. Estuvo arrodillada, adelante. Y hasta la devoción con que oyó la misa era desconocida en ella; hasta en la manera de persignarse había algo de cursilería florida y resplandeciente con que entró a la iglesia ante la perplejidad de quienes la conocieron de sirvienta en nuestra casa y la sorpresa de quienes no la habían visto nunca.

Yo (para entonces no tendría más de trece años) me preguntaba a qué se debía aquella transformación; por qué Meme había desaparecido de nuestra casa y reaparecía aquel domingo en el templo, vestida más como una señora, o como se habrían vestido tres señoras juntas para asistir a la misa de Pascua, con todo y que aún sobraban en la guajira arandelas y abalorios para vestir a una señora más. Cuando concluyó la misa, las mujeres y los hombres se detuvieron en la puerta para verla salir; se colocaron en el atrio, en doble hilera frente a la puerta mayor, y hasta creo que hubo algo secretamente premeditado en esa solemnidad indolente y burlona con que estuvieron aguardando, sin decir una palabra, hasta cuando Meme salió a la puerta, cerró los ojos y los abrió después en perfecta armonía con su sombrilla de siete colores. Pasó así, por entre la doble hilera de mujeres y hombres, ridícula en su disfraz de pavo real con tacones altos, hasta cuando uno de los hombres inició el cierre del círculo y Meme quedó en el medio, anonadada, confundida, tratando de sonreír con una sonrisa de distinción que le salió tan aparatosa y falsa como su aspecto. Pero cuando Meme salió, abrió la sombrilla y empezó a caminar, papá estaba junto a mí y me arrastraba hacia el grupo. Así que cuando los hombres iniciaron el cierre del círculo, mi padre se había abierto paso hasta donde Meme, corrida, trataba de encontrar la manera de evadirse. Papá la tomó por el brazo, sin mirar a la concurrencia, y la trajo por la mitad de la plaza con esa actitud soberbia y desafiante que adopta cuando hace algo con lo cual no estarán de acuerdo los demás.

Transcurrió algún tiempo antes de que yo supiera que Meme se había venido a vivir como concubina del doctor. Para entonces estaba abierto el botiquín y ella seguía asistiendo a misa como toda una señora de lo mejor, sin importarle lo que se dijera o se pensara, como si hubiera olvidado lo que ocurrió el primer domingo. Sin embargo, dos meses después no volvió a vérsela en el templo.

Yo recordaba al doctor en nuestra casa. Recordaba su bigote negro y retorcido y su manera de mirar a las mujeres con sus lascivos y codiciosos ojos de perro. Pero recuerdo que nunca me acerqué a él, quizá porque lo miraba como el animal extraño que se sentaba a la mesa después de que todos se levantaban y que se alimentaba con la misma hierba que alimenta a los burros. Cuando la enfermedad de papá, hace tres años, el doctor no había salido de esta esquina una sola vez, después de la noche en que le negó su asistencia a los heridos lo mismo que seis años antes se la había negado a la mujer que dos días después sería su concubina. El ventorrillo fue cerrado antes de que el pueblo dictara la sentencia al doctor. Pero yo sé que Meme siguió viviendo aquí, varios meses o años después de cerrada la tienda. Debió ser mucho más tarde cuando desapareció o al menos cuando se supo que había desaparecido porque así lo decía el pasquín que apareció en esta puerta. Según ese pasquín, el doctor asesinó a su concubina y la enterró en el huerto por temor de que el pueblo se valiera de ella para envenenarlo. Pero antes de mi matrimonio yo había visto a Meme. Hace once años, cuando regresaba del rosario, la guajira salió a la puerta de su tienda, y me dijo con su airecillo alegre y un poco irónico: «Chabela, te vas a casar y no me habías dicho nada.»

....

—Sí —le digo—: la cosa debió ser así. —Entonces estiro la soga, en uno de cuyos extremos se ve aún la carne viva de las cuerdas recién cortadas a cuchillo. Hago otra vez el nudo que mis hombres cortaron para descolgar el cuerpo y lanzo uno de los cabos por encima de la viga hasta dejar la soga pendiente, sostenida, con bastante fuerza como para proporcionar muchas muertes iguales a la de este hombre. Mientras se abanica con el sombrero el rostro trastornado por la sofocación y el aguardiente, mirando hacia la soga, calculando su fuerza, él dice: «Es imposible que una soga tan delgada haya sostenido su cuerpo.» Y yo le digo: «Esa misma soga ha estado sosteniéndole en la hamaca durante muchos años.» Y él rueda una silla, me entrega el sombrero y se suspende a pulso en la soga con el rostro congestionado por el esfuerzo. Después vuelve a quedar de pie en la silla, mirando el cabo pendiente. Dice: «Es imposible. Esa soga no alcanza a darme la vuelta alrededor del cuello.» Y entonces comprendo que es deliberadamente ilógico, que está inventando trabas para impedir el entierro.

Lo miro de frente, escrutándolo. Le digo: «¿No se ha fijado que él era por lo menos una cabeza más grande que usted?» Y él se vuelve a mirar el ataúd. Dice: «Con todo, no estoy seguro que lo haya hecho con esta soga.»

Tengo la certeza de que ha sido así. Y él lo sabe pero tiene el propósito de perder el tiempo por miedo de crearse compromisos. Se le conoce la cobardía en esa manera de moverse sin dirección precisa. Una cobardía doble y contradictoria: para impedir la ceremonia y para ordenarla. Entonces, cuando llega frente al ataúd, gira sobre los talones, me mira; dice: «Tendría que verlo colgado para convencerme.»

Yo lo habría hecho. Yo habría autorizado a mis hombres para que abrieran el ataúd y volvieran a colgar al ahorcado, como estuvo hasta hace un momento. Pero sería demasiado para mi hija. Sería demasiado para el niño a quien ella no ha debido traer. Aunque no me repugnara tratar en esa forma a un muerto, ultrajar la carne indefensa, perturbar al hombre por primera vez tranquilo dentro de su gusano; aunque el hecho de mover un cadáver que reposa serena y merecidamente en su ataúd no fuera contra mis principios, lo haría colgar de nuevo para saber hasta dónde es capaz de llegar este hombre. Pero es imposible. Y se lo digo: «Puede estar seguro de que no daré esa orden. Si usted quiere, cuélguelo usted mismo y hágase responsable de lo que suceda. Recuerde que no sabemos cuánto tiempo tiene de estar muerto.»

Él no se ha movido. Está todavía junto al ataúd, mirándome; mirando después a Isabel y después al niño y luego otra vez al ataúd. De repente su expresión se vuelve sombría y amenazante. Dice: «Usted debía saber lo que puede sucederle por esto.» Y yo alcanzo a comprender hasta dónde es verdadera su amenaza. Le digo:

«Desde luego que sí. Soy una persona responsable.» Y él, ahora con los brazos cruzados, sudando, caminando hacia mí con movimientos estudiados y cómicos que pretenden ser amenazantes, dice: «Podría preguntarle cómo supo que este hombre se había ahorcado anoche.»

Espero a que llegue frente a mí. Permanezco inmóvil, mirándolo, hasta cuando me golpea en el rostro su respiración caliente y áspera; hasta cuando se detiene, todavía con los brazos cruzados, moviendo el sombrero detrás de la axila. Entonces le digo: «Cuando me haga esa pregunta oficialmente, tengo mucho gusto en responderle.» Sigue frente a mí, en la misma posición. Cuando le hablo, no hay en él sorpresa ni desconcierto. Dice: «Por supuesto, coronel. Oficialmente se lo estoy preguntando.»

Estoy dispuesto a darle todo el largo a esta cuerda. Estoy seguro de que por muchas vueltas que él pretenda darle, tendrá que ceder frente a una actitud férrea, pero paciente y calmada. Le digo: «Estos hombres descolgaron el cuerpo porque yo no podía permitir que permaneciera allí, colgado, hasta cuando usted se decidiera a venir. Hace dos horas le dije que viniera y usted ha demorado todo ese tiempo para caminar dos cuadras.»

Todavía no se mueve. Estoy frente a él, apoyado en el bastón, un poco inclinado hacia adelante. Digo: «En segundo término, era mi amigo.» Antes de que yo termine de hablar, él sonríe irónicamente pero sin cambiar de posición, echándome al rostro su tufo espeso y agrio. Dice: «Es la cosa más fácil del mundo, ¿no?» Y súbitamente deja de sonreír. Dice: «De manera que usted sabía que este hombre se iba a ahorcar.»

Tranquilo, paciente, convencido de que sólo persigue enredar las cosas, le digo: «Le repito que lo primero que hice cuando supe que se había ahorcado fue ir donde usted, y de eso hace más de dos horas.» Y como si yo le hubiera hecho una pregunta y no una aclaración, él dice: «Yo estaba almorzando.» Y yo le digo: «Lo sé. Hasta me parece que tuvo tiempo de hacer la siesta.»

Entonces no sabe qué decir. Se echa hacia atrás. Mira a Isabel sentada junto al niño. Mira a los hombres y finalmente a mí. Pero ahora su expresión ha cambiado. Parece decidirse por algo que ocupa su pensamiento desde hace un instante. Me da la espalda, se dirige hacia donde está el agente y le dice algo. El agente hace un gesto y sale de la habitación.

Luego regresa a mí y me toma el brazo. Dice: «Me gustaría hablar con usted en el otro cuarto, coronel.» Ahora su voz ha cambiado por completo. Ahora es tensa y turbada. Y mientras camino hacia la pieza vecina, sintiendo la presión insegura de su mano en mi brazo, me sorprende la idea de que sé lo que me va a decir.

Este cuarto, al contrario del otro, es amplio y fresco. Lo desborda la claridad del patio. Aquí veo sus ojos turbados, su sonrisa que no corresponde a la expresión de su mirada. Oigo su voz que dice: «Coronel, esto podríamos arreglarlo de otro modo.» Y yo, sin darle tiempo a terminar, le digo: «Cuánto.» Y entonces se convierte en un hombre perfectamente distinto.

....

Meme había traído un plato con dulce y dos panecillos de sal, de los que aprendió a hacer con mi madre. El reloj había dado las nueve. Meme estaba sentada frente a mí, en la trastienda, y comía con desgano, como si el dulce y los panecillos no fueran sino una coyuntura para asegurar la visita. Yo lo entendía así y la dejaba perderse en sus laberintos, hundirse en el pasado con ese entusiasmo nostálgico y triste que la hacía aparecer, a la luz del mechero que se consumía en el mostrador, mucho más ajada y envejecida que el día que entró a la iglesia con el sombrero y los tacones altos. Era evidente que aquella noche Meme tenía deseos de recordar. Y mientras lo hacía, se tenía la impresión de que durante los años anteriores se había mantenido parada en una sola edad estática y sin tiempo y que aquella noche, al recordar, ponía otra vez en movimiento su tiempo personal y empezaba a padecer su largamente postergado proceso de envejecimiento.

Meme estaba derecha y sombría, hablando de aquel pintoresco esplendor feudal de nuestra familia en los últimos años del siglo anterior, antes de la guerra grande. Meme recordaba a mi madre. La recordó esa noche en que yo venía de la iglesia y me dijo con su airecillo burlón y un poco irónico: «Chabela, te vas a casar y no me habías dicho nada.» Eso fue precisamente en los días en que yo había deseado a mi madre y procuraba regresarla con mayor fuerza a mi memoria. «Era el vivo retrato tuyo», dijo. Y yo le creía realmente. Yo estaba sentada frente a la india que hablaba con un acento mezclado de precisión y vaguedad, como si hubiera mucho de increíble leyenda en lo que recordaba, pero como si lo recordara de buena fe y hasta con el convencimiento de que el transcurso del tiempo había convertido la leyenda en una realidad remota, pero difícilmente olvidable. Me habló del viaje de mis padres durante la guerra, de la áspera peregrinación que habría de concluir con el establecimiento en Macondo. Mis padres huían de los azares de la guerra y buscaban un recodo próspero y tranquilo donde sentar sus reales y oyeron hablar del becerro de oro y vinieron a buscarlo en lo que entonces era un pueblo en formación, fundado por varias familias refugiadas, cuyos miembros se esmeraban tanto en la conservación de sus tradiciones y en las prácticas religiosas como en el engorde de sus cerdos. Macondo fue para mis padres la tierra prometida, la paz y el Vellocino. Aquí encontraron el sitio apropiado para reconstruir la casa que pocos años después sería una mansión rural, con tres caballerizas y dos cuartos para los huéspedes. Meme recordaba los detalles sin arrepentimiento y hablaba de las cosas más extravagantes con un irreprimible deseo de vivirlas de nuevo o con el dolor que le proporcionaba la evidencia de que no las volvería a vivir. No hubo padecimiento ni privaciones en el viaje, decía. Hasta los caballos dormían con mosquitero, no porque mi padre fuera un despilfarrador o un loco, sino porque mi madre tenía un extraño sentido de la caridad, de los sentimientos humanitarios, y consideraba que a los ojos de Dios proporcionaba tanta complacencia el hecho de preservar a un hombre de los zancudos, como de preservar a una bestia. A todas partes llevaron su extravagante y engorroso cargamento; los baúles llenos con la ropa de los muertos anteriores al nacimiento de ellos mismos, de los antepasados que no podrían encontrarse a veinte brazas bajo la tierra, cajas llenas con los útiles de cocina que se dejaron de usar desde mucho tiempo atrás y que habían pertenecido a los más remotos parientes de mis padres (eran primos hermanos entre sí) y hasta un baúl lleno de santos con los

El pasado a cuestas (anotación manuscrita en el margen izquierdo)

que reconstruían el altar doméstico en cada lugar que visitaban. Era una curiosa farándula con caballos y gallinas y los cuatro guajiros (compañeros de Meme) que habían crecido en casa y seguían a mis padres por toda la región, como animales amaestrados en un circo.

Meme recordaba con tristeza. Se tenía la impresión de que consideraba el transcurso del tiempo como una pérdida personal, como si advirtiera con el corazón lacerado por los recuerdos que si el tiempo no hubiera transcurrido, aún estaría ella en aquella peregrinación que debió ser un castigo para mis padres, pero que para los niños tenía algo de fiesta, con espectáculos insólitos como el de los caballos bajo los mosquiteros.

Después todo comenzó a moverse al revés, dijo. La llegada al naciente pueblecito de Macondo en los últimos días del siglo, fue la de una familia devastada, aferrada todavía a un reciente pasado esplendoroso, desorganizada por la guerra. La guajira recordaba a mi madre cuando llegó al pueblo, sentada de través en una mula, encinta y con el rostro verde y palúdico y los pies inhabilitados por la hinchazón. Tal vez en el espíritu de mi padre maduraba la simiente del resentimiento, pero venía dispuesto a echar raíces contra viento y marea, mientras aguardaba a que mi madre tuviera ese hijo que le creció en el vientre durante la travesía y que le iba dando muerte progresivamente a medida que se acercaba la hora del parto.

La luz de la lámpara le daba de perfil. Meme, con su recia expresión aindiada, su cabello liso y grueso como crin de caballo o cola de caballo, parecía un ídolo sentado, verde y espectral en el caliente cuartito de la trastienda, hablando como lo habría hecho un ídolo que se hubiera puesto a recordar su antigua existencia terrena. Nunca la había tratado de cerca, pero esa noche, después de aquella repentina y espontánea manifestación de intimidad, sentía que estaba atada a ella por vínculos más seguros que los de la sangre.

De pronto, en una pausa de Meme, le oí toser en el cuarto, en este mismo aposento en que ahora me encuentro con el niño y mi padre. Tosió con una tos seca y corta, carraspeó luego y se oyó después el ruido inconfundible que hace el hombre cuando se da vuelta en la cama. Meme calló instantáneamente y una nube sombría y silenciosa oscureció su rostro. Yo lo había olvidado. Durante el tiempo que permanecía allí (eran como las diez) había sentido como si la guajira y yo estuviéramos solas en la casa. Luego cambió la tensión del ambiente. Sentí el cansancio del brazo en que tenía, sin probarlo, el plato con el dulce y los panecillos. Me incliné hacia adelante y dije: «Está despierto.» Ella, inmutable ahora, fría y completamente indiferente, dijo: «Estará despierto hasta la madrugada.» Y repentinamente me expliqué el desencanto que se advertía en Meme cuando recordaba el pasado de nuestra casa. Nuestras vidas habían cambiado, los tiempos eran buenos y Macondo un pueblo ruidoso en el que el dinero alcanzaba hasta para despilfarrarlo los sábados en la noche, pero Meme vivía aferrada a un pasado mejor. Mientras afuera se trasquilaba el becerro de oro, adentro, en la trastienda, su vida era estéril, anónima, todo el día junto al mostrador y la noche con un hombre que no dormía hasta la madrugada, que se pasaba el tiempo dando vueltas en la casa, paseándose, mirándola codiciosamente con esos ojos lascivos de perro que no he podido olvidar. Me conmovía imaginar a Meme con este hombre que una noche le negó sus servicios y que seguía siendo un animal endurecido, sin amargura ni compasión, todo el día en un impenitente discurrir por la casa, como para sacar de juicio a la persona más equilibrada.

Recobrado el tono de la voz, sabiendo que él estaba aquí, despierto, abriendo quizás sus codiciosos ojos de perro cada vez que nuestras palabras resonaban en la trastienda, procuré dar un viraje a la conversación.

—¿Y qué tal va con el negocito? —dije.

Meme sonrió. Su risa era triste y taciturna, como si no fuera el resultado de un sentimiento actual, sino como si la tuviera guardada en la gaveta y no la sacara sino en los momentos indispensables, pero usándola sin ninguna propiedad, como si el uso poco frecuente de la sonrisa le hubiera hecho olvidar la manera normal de utilizarla. «Ahí», dijo, moviendo la cabeza de una manera ambigua, y volvió a quedar silenciosa, abstracta. Entonces comprendí que era hora de marcharme. Entregué el plato a Meme, sin dar ninguna explicación por el hecho de que su contenido estuviera intacto, y la vi levantarse y ponerlo en el mostrador. Me miró desde allá y repitió: «Eres el vivo retrato de ella.» Sin duda yo estaba sentada a contraluz, nublada por la claridad contraria, y Meme no me veía la cara mientras hablaba. Luego, cuando se levantó a poner el plato en el mostrador, por detrás de la lámpara, me vio de frente y fue por eso por lo que dijo: «Eres el vivo retrato de ella.» Y vino a sentarse.

Entonces empezó a recordar los días en que mi madre llegó a Macondo. Había ido directamente de la mula al mecedor y había permanecido sentada durante tres meses, sin moverse, recibiendo los alimentos con desgano. A veces recibía el almuerzo y se estaba hasta media tarde con el plato en la mano, rígida, sin mecerse, con los pies descansados en una silla, sintiendo crecer la muerte dentro de ellos, hasta cuando alguien llegaba y le quitaba el plato de las manos. Cuando vino el día, los dolores del parto la recuperaron de su abandono y ella misma se puso en pie, pero fue necesario ayudarla a caminar los veinte pasos que separan el corredor del dormitorio, martirizada por la ocupación de una muerte que se había compenetrado con ella en nueve meses de silencioso padecimiento. Su travesía desde el mecedor hasta el lecho tuvo todo el dolor, la amargura y las penalidades que no tuvo el viaje realizado hacía pocos meses, pero llegó hasta donde sabía que debía llegar antes de cumplir el último acto de su vida.

Mi padre pareció desesperado con la muerte de mi madre, dijo Meme. Pero, según él mismo dijo después, cuando quedó solo en la casa, «nadie puede confiar en la honestidad de un hogar en el cual el hombre no tiene a la mano una mujer legítima». Como había leído en un libro que cuando muere una persona amada debe sembrarse un jazminero para recordarla todas las noches, sembró la enredadera contra el muro del patio y un año después se casó en segundas nupcias con Adelaida, mi madrastra.

A veces creía que Meme iba a llorar mientras hablaba. Pero se mantuvo firme, satisfecha de estar expiando la falta de haber sido feliz y haber dejado de serlo por su libre voluntad. Después sonrió. Después se estiró en el asiento y se humanizó por completo. Fue como si hubiera sacado mentalmente las cuentas de su dolor, cuando se inclinó hacia adelante, vio que aún le quedaba un saldo favorable en los buenos recuerdos, y sonrió entonces con su antigua simpatía amplia y burlona. Dijo que lo otro había empezado cinco años después, cuando llegó hasta el comedor donde almorzaba mi padre y le dijo: «Coronel, coronel, en la oficina lo solicita un forastero.»

3

Detrás del templo, al otro lado de la calle, había un patio sin árboles. Eso era a fines del siglo pasado, cuando llegamos a Macondo y aún no se había iniciado la construcción del templo. Eran terrones pelados, secos, donde jugaban los niños al salir de la escuela. Después, cuando se inició la construcción del templo, clavaron cuatro horcones a un lado del patio y se vio que el espacio cercado era bueno para hacer un cuarto. Y lo hicieron. Y guardaron en él los materiales del templo en construcción.

Cuando se puso término a los trabajos del templo, alguien acabó de embarrar las paredes del cuartito y abrió una puerta en la pared posterior, sobre el patiecito pelado y pedregoso donde no crecía ni una barba de pita. Un año después el cuartito estaba construido como para ser habitado por dos personas. Adentro se sentía un olor a cal viva. Era ése el único olor agradable que se había sentido en mucho tiempo dentro de ese espacio y el único grato que se sentiría jamás. Después de que blanquearon las paredes, la misma mano que había puesto fin a la construcción corrió la tranca en la puerta de adentro y le echó candado a la de la calle.

El cuarto no tenía dueño. Nadie se preocupó por hacer efectivos sus derechos ni sobre el terreno ni sobre los materiales de construcción. Cuando llegó el primer párroco se alojó donde una de las familias acomodadas de Macondo. Luego fue trasladado a otra parroquia. Pero en esos días (y posiblemente antes de que se fuera el primer párroco) una mujer con un niño de pecho había ocupado el cuartito, sin que nadie supiera cuándo llegó a él, ni dónde ni cómo hizo para abrir la puerta. Había en un rincón una tinaja negra y verde de musgo y un jarro colgado de un clavo. Pero ya no quedaba cal en las paredes. En el patio, sobre las piedras, se había formado una costra de tierra endurecida por la lluvia. La mujer construyó una enramada para protegerse del sol. Y como no tenía recursos para ponerle techo de palma, teja o zinc, sembró una mata de parra junto a la enramada y colgó un atadillo de sábila y un pan en la puerta de la calle, para preservarse contra los maleficios.

Cuando se anunció la llegada del nuevo párroco, en 1903, la mujer seguía viviendo en el cuarto con el niño. Media población salió al camino real a esperar la llegada del sacerdote. La banda rural estuvo tocando piezas sentimentales hasta cuando vino un muchacho, jadeante, reventando, a decir que la mula del párroco estaba en la última vuelta del camino. Entonces los músicos cambiaron de posición e iniciaron una marcha. El encargado del discurso de bienvenida subió al parapeto improvisado y aguardó a que apareciera el párroco para iniciar el saludo. Pero un momento después se suspendió la pieza marcial, el orador descendió de la mesa, y la multitud atónita vio pasar un forastero, montado en una mula en cuyas ancas viajaba el baúl más grande que se había visto jamás en Macondo. El hombre pasó de largo hacia el pueblo, sin mirar a nadie. Aunque el párroco se hubiera vestido de civil para hacer el viajero, a nadie habría podido ocurrírsele que aquel viajero broncíneo, con polainas de militar, era un sacerdote vestido de civil.

Y no lo era en realidad, porque a esa misma hora, por el atajo, al otro lado del pueblo, vieron entrar un sacerdote extraño, pasmosamente flaco, de rostro seco y estirado, a horcajadas en una mula, la sotana levantada hasta las rodillas y protegido del sol por un paraguas descolorido y maltrecho. El párroco preguntó en las inmediaciones del templo en dónde quedaba la casa cural, y debió de preguntárselo a alguien que no tenía la menor idea de nada, porque le fue respondido: «Es el cuartito que está detrás de la iglesia, padre.» La mujer había salido, pero el niño jugaba adentro, detrás de la puerta entreabierta. El sacerdote descabalgó, rodó hasta el cuarto una maleta hinchada, medio abierta y sin cerraduras, asegurada apenas por un cinturón de cuero distinto al de la propia maleta, y después de haber examinado el cuartito hizo entrar la mula y la amarró en el patio, a la sombra de los sarmientos. Luego abrió la maleta, extrajo una hamaca que debía tener la misma edad y el mismo uso del paraguas, la colgó diagonalmente en el cuarto, de horcón a horcón, se quitó las botas y trató de dormir, sin preocuparse del niño que lo miraba con los redondos ojos espantados.

Cuando la mujer regresó debió sentirse desconcertada ante la extraña presencia del sacerdote, cuyo rostro era tan inexpresivo que en nada se diferenciaba de una calavera de vaca. La mujer debió atravesar en puntillas la habitación. Debió de rodar el catre plegadizo hasta la puerta y hacer un atado con su ropa y los trapos del niño y salir de la habitación, confundida, sin preocuparse siquiera de la tinaja y el jarro, porque una hora después, cuando la comitiva recorrió el pueblo en sentido inverso, precedida por la banda que tocaba el aire marcial entre un montón de rapaces fugados de la escuela, encontraron al párroco solo en el cuartito, tirado a la bartola en la hamaca, la sotana desabrochada, y sin zapatos. Alguien debió llevar la noticia al camino real, pero a nadie se le ocurrió preguntar qué hacía el párroco en aquel cuarto. Debieron pensar que tenía algún parentesco con la mujer, así como ésta debió de abandonar el cuartito porque creyó que el párroco tenía orden de ocuparlo o era de propiedad de la iglesia o simplemente por temor de que se le preguntara por qué había vivido más de dos años en un cuarto que no le pertenecía, sin pagar alquiler y sin autorización de persona alguna. Tampoco se le ocurrió a la comitiva pedir explicaciones, ni en ese momento ni en ninguno de los posteriores, porque el párroco no aceptó los discursos, colocó los presentes en el suelo y se limitó a saludar a hombres y mujeres con frialdad, a la carrera, pues, según dijo, «no había pegado el ojo en toda la noche».

La comitiva se disolvió ante aquel frío recibimiento del sacerdote más extraño que había visto nunca. Se observaba que el rostro parecía una calavera de vaca, que tenía el cabello gris, cortado al rape y que no tenía labios sino una abertura horizontal que no parecía estar en el lugar de la boca desde el nacimiento, sino hecha posteriormente, de una cuchillada sorpresiva y única. Pero esa misma tarde se le encontró parecido con alguien. Y antes del amanecer todos sabían de quién era. Recordaron haberlo visto con la honda y la piedra, desnudo, pero con zapatos y sombrero, en los tiempos en que Macondo era un humilde caserío de refugiados. Los veteranos recordaron sus actuaciones en la guerra civil del ochenta y cinco. Recordaron que había sido coronel a los diecisiete años y que era intrépido, terco y antigobiernista. Sólo que en Macondo no se había vuelto a saber de él hasta ese día en que regresaba a hacerse cargo de la parroquia. Muy pocos recordaban su nombre de pila. En cambio la mayoría de los veteranos recordaba el que le puso su madre (porque era voluntarioso y rebelde) y que fue el mismo con que después lo conocieron sus compañeros en la guerra. Todos lo llamaban: *El Cachorro*. Y así se le siguió llamando en Macondo hasta la hora de su muerte:

—Cachorro, Cachorrito.

....

Así que este hombre llegó a nuestra casa el mismo día y casi a la misma hora en que *El Cachorro* a Macondo. Aquél por el camino real, cuando nadie lo esperaba ni se tenía la menor idea acerca de su nombre o de su oficio; el párroco por el atajo, cuando en el camino real lo aguardaba todo el pueblo.

Yo regresé a casa después de la recepción. Acabábamos de sentarnos a la mesa —un poco más tarde que de costumbre— cuando Meme se acercó a decirme: «Coronel, Coronel, en la oficina lo solicita un forastero.» Yo dije: «Que pase adelante.» Y Meme dijo: «Está en la oficina y dice que necesita verlo con urgencia.» Adelaida dejó de darle la sopa a Isabel (entonces ella no tenía más de cinco años) y fue a atender al recién llegado. Un momento después regresó visiblemente preocupada:

—Estaba dando vueltas en la oficina —dijo.

La vi caminar detrás de los candelabros. Luego volvió a darle la sopa a Isabel. «Lo hubieras hecho pasar», dije, sin dejar de comer. Y ella dijo: «Era lo que iba a hacer. Pero estaba dando vueltas en la oficina cuando llegué y le dije, buenas tardes, y él no contestó porque estaba mirando en la repisa la bailarinita de cuerda. Y cuando yo le iba a decir otra vez buenas tardes, él se puso a darle cuerda a la bailarinita, la paró en el escritorio y se quedó mirando cómo bailaba. Yo no sé si fue la musiquitta lo que no le permitió oír cuando yo le dije de nuevo buenas tardes y me quedé parada frente al escritorio sobre el cual estaba inclinado, viendo a la bailarina que todavía tenía cuerda para rato.» Adelaida estaba dándole la sopa a Isabel. Yo le dije: «Debe estar muy interesado en el juguete.» Y ella, todavía dándole la sopa a Isabel: «Estaba dando vueltas en la oficina, pero después, cuando vio la bailarinita, la bajó como si supiera de antemano para qué servía, como si conociera su funcionamiento. Le estaba dando cuerda como cuando yo le dije, buenas tardes, por primera vez, antes que la musiquita empezara a sonar. Entonces la puso en el escritorio y se quedó mirándola, pero sin sonreír, como si no estuviera interesado en el baile sino en el mecanismo.»

Nunca me anunciaban a nadie. Casi todos los días llegaban visitas: viajeros conocidos que dejaban las bestias en la caballeriza y se acercaban con entera confianza, con la familiaridad de quien espera encontrar, siempre, un puesto desocupado en nuestra mesa. Yo le dije a Adelaida: «Debe ser que trae un recado o algo.» Y ella dijo: «De todos modos tiene un comportamiento raro. Él mirando a la bailarinita hasta que se le acaba la cuerda y mientras tanto yo, parada frente al escritorio, sin saber qué decirle, porque sabía que no iba a contestarme mientras la musiquita estuviera sonando. Después, cuando la bailarinita dio el saltito que da siempre cuando se le acaba la cuerda, todavía él se quedó mirándola con curiosidad, inclinado sobre el escritorio pero sin sentarse. Entonces me miró y yo me di cuenta de que sabía que yo estaba en la oficina pero que no se había ocupado de mí porque quería saber cuánto tiempo estaría bailando la bailarinita. Pero entonces yo no le volví a decir, buenas tardes, sino que le sonreí cuando me miró porque vi que tiene los ojos enormes, con las pepas amarillas, y que miran de una vez todo el cuerpo. Cuando le sonreí, él siguió serio, pero hizo una inclinación de cabeza muy formal, y dijo: "¿El coronel? Es al coronel que necesito." Tiene la voz honda como si pudiera hablar con la boca cerrada. Es como si fuera ventrílocuo.»

Ella estaba dándole la sopa a Isabel. Yo seguí almorzando, porque creí que sólo se trataba de un recado; porque no sabía que esa tarde estaban comenzando las cosas que hoy concluyen.

Adelaida siguió dándole la sopa a Isabel y dijo: «Al principio estaba dando vueltas en la oficina.» Entonces comprendí que el forastero la había impresionado de una manera poco común y que tenía un interés especial en que lo atendiera. Sin embargo, seguí almorzando mientras ella le daba la sopa a Isabel y hablaba. Dijo:

—Después, cuando dijo que quería ver al coronel, fue que le dije, tenga la bondad de pasar al comedor, y él se estiró donde estaba, con la bailarinita en la mano. Entonces levantó la cabeza y se puso rígido y firme como un soldado, me parece, porque tiene botas altas y un vestido de género ordinario con la camisa abotonada hasta el cuello. Yo no sabía qué decirle cuando no contestó nada y se quedó quieto, con el juguete en la mano, como si estuviera esperando que yo saliera de la oficina para darle cuerda otra vez. Fue de pronto cuando se me pareció a alguien, cuando me di cuenta de que es un militar.

Yo le dije: «Entonces tú crees que es algo grave.» La miré por encima de los candelabros. Ella no me miraba. Estaba dándole la sopa a Isabel. Dijo:

—Fue que cuando llegué estaba dando vueltas en la oficina, así que no podía verle la cara. Pero después, cuando se quedó parado en el fondo tenía la cabeza tan levantada y los ojos tan fijos que me parece que es un militar y le dije, usted quiere ver al coronel, en privado, ¿no es eso? Y él afirmó con la cabeza. Entonces vine a decirle que se parece a alguien, o mejor dicho, que es la misma persona a quien se parece, aunque no me explico cómo ha venido.

Yo seguí almorzando, pero la miraba por encima de los candelabros. Ella dejó de darle la sopa a Isabel. Dijo:

—Estoy segura de que no es un recado. Estoy segura que no es que se parece sino que es el mismo a quien se parece. Estoy segura, mejor dicho, que es un militar. Tiene un bigote negro y punteado y la cara como de cobre. Tiene las botas altas y estoy segura de que no es que se parece sino que es el mismo a quien se parece.

Ella hablaba en un tono igual, monótono, persistente. Hacía calor y quizá por eso empecé a sentirme irritado. Le dije: «Ahá, ¿a quién se parece?» Y ella dijo: «Cuando estaba dando vueltas en la oficina no le vi la cara, pero después.» Y yo, irritado con la monotonía y la persistencia de sus palabras: «Bueno, bueno, voy a verlo cuando acabe de almorzar.» Y ella, otra vez dándole la sopa a Isabel: «Al principio no pude verle la cara porque estaba dando vueltas en la oficina. Pero después, cuando le dije, tenga la bondad de pasar adelante, él se quedó quieto contra la pared, con la bailarinita en la mano. Entonces fue que me acordé a quién se parece y vine a avisarte. Tiene los ojos enormes e indiscretos y cuando me di la vuelta para salir, sentí que me estaba mirando directamente a las piernas.»

Guardó silencio de pronto. En el comedor quedó vibrando el tintineo metálico de la cuchara. Yo acabé de almorzar y prensé la servilleta debajo del plato.

En eso se oyó en la oficina la musiquita festiva del juguete de cuerda.

4

En la cocina de la casa hay un viejo asiento de madera labrada, sin travesaños, en cuyo fondo roto mi abuelo pone a secar los zapatos, junto al fogón.

Tobías, Abraham, Gilberto y yo abandonamos la escuela, ayer a esta hora, y fuimos a las plantaciones con una honda, un sombrero grande para echar los pájaros y una navaja nueva. Por el camino yo me iba acordando del asiento inservible, arrimado a un rincón de la cocina, que en un tiempo sirvió para recibir visitas y que ahora es utilizado por el muerto que todas las noches se sienta, con el sombrero puesto, a contemplar las cenizas del fogón apagado.

Tobías y Gilberto caminaban hacia el final de la nave oscura. Como había llovido durante la mañana, sus zapatos resbalaban en la hierba enlodada. Uno de ellos silbaba y su silbo duro y recto resonaba en el socavón vegetal, como cuando uno se pone a cantar dentro de un tonel. Abraham venía atrás, conmigo. Él con la honda y la piedra lista para ser disparada. Yo con la navaja abierta.

De repente el sol rompió la techumbre de hojas apretadas y duras y un cuerpo de claridad cayó aleteando en la hierba, como un pájaro vivo. «¿Lo viste?», dijo Abraham. Yo miré hacia adelante y vi a Gilberto y a Tobías al final de la nave. «No es un pájaro», dije. «Es el sol que ha salido con fuerza.»

Cuando llegaron a la orilla empezaron a desvestirse y se tiraban fuertes patadas de esa agua crepuscular que parecía no mojarles la piel. «No hay un solo pájaro esta tarde», dijo Abraham. «Cuando llueve no hay pájaros», dije. Y yo mismo lo creí entonces. Abraham se echó a reír. Su risa es tonta y simple y hace un ruido como el de un hilo de agua en una pila. Se desvistió. «Me meteré en el agua con la navaja y llenaré el sombrero de pescados», dijo.

Abraham estaba desnudo frente a mí con la mano abierta, esperando la navaja. Yo no respondí en seguida. Tenía la navaja apretada y sentía en la mano su acero limpio y templado. *No voy a darle la navaja*, pensé. Y se lo dije: «No voy a darte la navaja. Apenas me la dieron ayer y voy a tenerla toda la tarde.» Abraham siguió con la mano extendida. Entonces le dije:

—Incomploruto.

Abraham me entendió. Sólo él entiende mis palabras. «Está bien», dijo, y caminó hacia el agua a través del aire endurecido y agrio. Dijo. «Empieza a desvestirte y te esperamos en la piedra.» Y lo dijo mientras se zambullía y volvía a salir reluciente como un pez plateado y enorme, como si el agua se hubiera vuelto líquida a su contacto.

Yo permanecí en la orilla, acostado sobre el barro tibio. Cuando abrí la navaja otra vez, dejé de mirar a Abraham y levanté los ojos, derecho hacia el otro lado, hacia arriba de los árboles, hacia el furioso atardecer cuyo cielo tenía la monstruosa imponencia de una caballeriza incendiada.

«Apura», dijo Abraham desde el otro lado. Tobías estaba silbando en el borde de piedra. Entonces pensé: *Hoy no me bañaré. Mañana*.

Cuando veníamos de regreso Abraham se escondió detrás de los espinos. Yo iba a perseguirlo, pero él me dijo: «No vengas para acá. Estoy ocupado.» Yo me quedé afuera, sentado en las hojas muertas del camino, viendo la golondrina única que trazaba una curva en el cielo. Dije:

—Esta tarde no hay más que una golondrina.

Abraham no respondió en seguida. Estaba silencioso, detrás de los espinos, como si no pudiera oírme, como si estuviera leyendo. Su silencio era profundo y concentrado, lleno de una recóndita fuerza. Sólo después de un silencio largo suspiró. Entonces dijo:

—Golondrinas.

Yo volví a decirle: «No hay nada más que una esta tarde.» Abraham seguía detrás de los espinos, pero nada se sabía de él. Estaba silencioso y concentrado, pero su quietud no era estática. Era una inmovilidad desesperada e impetuosa. Después de un momento dijo:

—¿Una sola? Aah, sí. Claro, claro.

Ahora yo no dije nada. Fue él quien empezó a moverse detrás de los espinos. Sentado en las hojas, yo sentí donde él estaba el ruido de otras hojas muertas bajo sus pies. Después volvió a quedar silencioso, como si se hubiera ido. Luego respiró profundamente y preguntó:

—¿Qué es lo que dices?

Yo volví a decirle: «Que esta tarde sólo hay una golondrina.» Y mientras lo decía, veía el ala curvada, trazando círculos en el cielo de un azul increíble. «Está volando alto», dije.

Abraham respondió en el acto:

—Ah, sí, claro. Entonces debe ser por eso.

Salió de detrás de los espinos, abotonándose los pantalones. Miró hacia arriba, hacia donde la golondrina seguía trazando círculos, y todavía sin mirarme dijo:

—¿Qué es lo que me decías hace rato de las golondrinas?

Esto nos retrasó. Cuando llegamos estaban encendidas las luces del pueblo. Yo entré corriendo a la casa y tropecé en el corredor con las mujeres gordas y ciegas, con las mellizas de San Jerónimo que todos los martes van a cantar para mi abuelo, desde antes de mi nacimiento, según ha dicho mi madre.

Toda la noche estuve pensando en que hoy volveríamos a salir de la escuela y que iríamos al río, pero no con Gilberto y Tobías. Quiero ir solo con Abraham, para verle el brillo del vientre cuando se zambulle y vuelve a surgir como un pez metálico. Toda la noche he deseado regresar con él, solo por la oscuridad del túnel verde, para rozarle el muslo cuando caminemos. Siempre que lo hago siento como si alguien me mordiera con unos mordiscos suaves, que me erizan la piel.

Si este hombre que ha salido a conversar con mi abuelo en la otra habitación regresa dentro de poco tiempo, tal vez podamos estar en la casa antes de las cuatro. Entonces me iré al río con Abraham.

. . . .

Se quedó a vivir en nuestra casa. Ocupó uno de los cuartos del corredor, el que da a la calle, porque yo lo creí conveniente; porque sabía que un hombre de su carácter no encontraría la manera de acomodarse en el hotelito del pueblo. Puso un aviso en la puerta (hasta hace pocos años, cuando blanquearon la casa, todavía estaba en su lugar, escrito a lápiz por él mismo en letra cursiva) y a la semana siguiente fue necesario llevar nuevas sillas para atender a las exigencias de una numerosa clientela.

Después de que me entregó la carta del coronel Aureliano Buendía, nuestra conversación en la oficina se prolongó de tal manera que Adelaida no dudó de que se trataba de un alto funcionario militar en importante misión y dispuso la mesa como para una fiesta. Hablamos del coronel Buendía, de su hija sietemesina y del primogénito atolondrado. No había corrido un trecho largo en la conversación cuando me di cuenta de que aquel hombre conocía bien al Intendente General y que lo estimaba en grado suficiente como para corresponder a su confianza. Cuando Meme vino a decirnos que la mesa estaba servida, yo pensé que mi esposa había improvisado algunas cosas para atender al recién llegado. Pero estaba muy distante de la improvisación aquella mesa espléndida, servida en mantel nuevo, en la loza china destinada exclusivamente a las cenas familiares de la Navidad y el Año Nuevo.

Adelaida estaba solemnemente estirada en un extremo de la mesa, vestida con el traje de terciopelo, cerrado hasta el cuello, el que usó antes de nuestro matrimonio para atender a los compromisos de su familia en la ciudad. Adelaida tenía hábitos más refinados que los nuestros, cierta experiencia social que desde nuestro matrimonio empezó a influir en las costumbres de mi casa. Se había puesto el medallón familiar, el que lucía en momentos de excepcional importancia, y toda ella, como la mesa, como los muebles, como el aire que se respiraba en el comedor, producía una severa sensación de compostura y limpieza. Cuando llegamos al salón, él mismo, que siempre fue tan descuidado en el vestir y en los modales, debió sentirse avergonzado y fuera de ambiente, porque revisó el botón del cuello, como si hubiera tenido corbata, y una ligera turbación se advirtió en su andar despreocupado y fuerte. Nada recuerdo con tanta precisión como ese instante en que irrumpimos en el comedor y yo mismo me sentí vestido con demasiada domesticidad para una mesa como la preparada por Adelaida.

En los platos había carne de res y de montería. Todo igual, por otra parte, a nuestras comidas corrientes de aquel tiempo; pero su presentación en la loza nueva, entre los candelabros pulidos recientemente, era espectacular y diferente a lo acostumbrado. A pesar de que mi esposa sabía que se recibiría a un solo visitante, puso los ocho servicios, y la botella de vino, en el centro, era una exagerada manifestación de la diligencia con que había preparado el homenaje para el hombre que ella, desde el primer momento, confundió con un distinguido funcionario militar. Nunca vi en mi casa un ambiente más recargado de irrealidad.

La indumentaria de Adelaida habría podido resultar ridícula de no ser por sus manos (eran hermosas, en realidad; y blancas en demasía) que equilibraban con su distinción real lo mucho de falso y arreglado que tenía su aspecto. Fue cuando él revisó el botón de la camisa y vaciló, cuando yo me anticipé a decir: «Mi esposa en segundas nupcias, *doctor*.» Una nube oscureció el rostro de Adelaida y lo volvió diferente y sombrío. Ella no se movió de donde estaba, con la mano extendida, sonriendo, pero no ya con el aire de ceremonioso estiramiento que tenía cuando irrumpimos en el comedor.

El recién llegado golpeó las botas, como un militar, se tocó la sien con la punta de los dedos extendidos, y caminó después hacia donde ella estaba.

—Sí, señora —dijo. Pero no pronunció ningún nombre.

Sólo cuando lo vi estrechar la mano de Adelaida con una sacudida torpe, caí en cuenta de la vulgaridad y la ordinariez de su comportamiento.

Se sentó al otro extremo de la mesa, entre la cristalería nueva, entre los candelabros. Su presencia desarreglada resaltaba como una mancha de sopa en el mantel.

Adelaida sirvió el vino. Su emoción del principio se había transformado en una nerviosidad pasiva que parecía decir: *Está bien, todo se hará como estaba previsto, pero me debes una explicación.* Y fue después de que ella sirvió el vino y se sentó en el otro extremo de la mesa, mientras Meme se disponía a servir los platos, cuando él se echó hacia atrás en el asiento, apoyó las manos en el mantel y dijo, sonriendo:

—Mire, señorita, ponga a hervir un poco de hierba y tráigame eso como si fuera sopa.

Meme no se movió. Trató de reír, pero no acabó de hacerlo, sino que se volvió hacia Adelaida. Entonces ella, sonriendo también, pero visiblemente desconcertada, le preguntó: «¿Qué clase de hierba, doctor?» Y él, con su parsimoniosa voz de rumiante:

—Hierba común, señora; de esa que comen los burros.

5

Hay un minuto en que se agota la siesta. Hasta la secreta, recóndita, minúscula actividad de los insectos cesa en ese instante preciso; el curso de la naturaleza se detiene, la creación tambalea al borde del caos y las mujeres se incorporan, babeando, con la flor de la almohada bordada en la mejilla, sofocadas por la temperatura y el rencor; y piensan: «Todavía es miércoles en Macondo.» Y entonces vuelven a acurrucarse en el rincón, empalman el sueño con la realidad, y se ponen de acuerdo para tejer el cuchicheo como si fuera un inmensa sábana de hilo elaborada en común por todas las mujeres del pueblo.

Si el tiempo de adentro tuviera el mismo ritmo del de afuera, ahora estaríamos a pleno sol, con el ataúd en la mitad de la calle. Afuera sería más tarde. Sería de noche. Sería una pesada noche de septiembre con luna y mujeres sentadas en los patios, conversando bajo la claridad verde, y en la calle, nosotros, los tres renegados, a pleno sol de este septiembre sediento. Nadie impedirá la ceremonia. Esperé que el alcalde fuera inflexible en su determinación de oponerse a ella y que pudiéramos retornar a la casa, el niño a la escuela y mi padre a sus zuecos, a su aguamanil debajo de la cabeza chorreando de agua fresca y al lado izquierdo de su jarro con limonada helada. Pero ahora es diferente. Mi padre ha sido otra vez lo suficientemente persuasivo para imponer su punto de vista por encima de lo que yo creí al principio una irrevocable determinación del alcalde. Afuera está el pueblo en ebullición, entregado a la labor de un largo, uniforme y despiadado cuchicheo, y la calle limpia, sin una sombra en el polvo limpio y virgen desde que el último viento barrió la huella del último buey. Y es un pueblo sin nadie, con las casas cerradas en cuyos cuartos no se oye nada más que el sordo hervidero de las palabras pronunciadas de mal corazón. Y en el cuarto el niño sentado, tieso, mirándose los zapatos; tiene un ojo para la lámpara y otro para los periódicos y otro para los zapatos y finalmente dos para el ahorcado, para su lengua mordida, para sus vidriosos ojos de perro ahora sin codicia; de perro sin apetitos, muerto. El niño lo mira, piensa en el ahorcado que está puesto de largo debajo de las tablas; hace un ademán triste y entonces todo se transforma: sale un taburete a la puerta de la peluquería y detrás el altarcillo con el espejo, los polvos y el agua de olor. La mano se vuelve pecosa y grande, deja de ser la mano de mi hijo, se transforma en una mano grande y diestra que fríamente, con calculada parsimonia, empieza a amolar la navaja mientras el oído oye el zumbido metálico de la hoja templada, y la cabeza piensa: «Hoy vendrán más temprano, porque es miércoles en Macondo.» Y entonces llegan, se recuestan en los asientos a la sombra y contra la frescura del quicio, torvos, estrábicos, cruzadas las piernas, las manos entrelazadas sobre las rodillas, mordiendo los cabos de tabaco; mirando, hablando de lo mismo, viendo, frente a ellos, la ventana cerrada, la casa silenciosa con la señora Rebeca por dentro. Ella también olvidó algo: olvidó desconectar el ventilador y transita por los cuartos de ventanas alambradas, nerviosa, exaltada, revolviendo los cachivaches de su estéril y atormentada viudez, para estar convencida hasta con el sentido del tacto de que no habrá muerto antes de que llegue la hora del entierro. Ella está abriendo y cerrando las puertas de sus cuartos, aguardando a que el reloj patriarcal se incorpore de la siesta y le agasaje los sentidos con la campanada de las tres. Todo esto, mientras concluye el ademán del niño y vuelve a ponerse duro, recto, sin demorar siquiera la mitad del tiempo que una mujer necesita para dar la última puntada en la máquina y levantar la cabeza llena de rizadores. Antes de que el niño vuelva a quedarse recto, pensativo, la mujer ha rodado la máquina hasta el ángulo del corredor y los hombres han mordido dos veces los tabacos, mientras observan una ida y vuelta completa de la navaja en la penca; y Águeda, la tullida, hace un último esfuerzo para despertar las muertas rodillas; y la señora Rebeca da una nueva vuelta a la cerradura y piensa: «Miércoles en Macondo. Buen día para enterrar al diablo.» Pero entonces el niño vuelve a moverse y hay una nueva transformación en el tiempo. Mientras se mueva algo, puede saberse que el tiempo ha transcurrido. Antes no. Antes de que algo se mueva es el tiempo eterno, el sudor, la camisa babeando sobre el pellejo y el muerto insobornable y helado detrás de su lengua mordida. Por eso no transcurre el tiempo para el ahorcado: porque aunque la mano del niño se mueva, él no lo sabe. Y mientras el muerto lo ignora (porque el niño continúa moviendo la mano) Águeda debe de haber corrido una nueva cuenta en el rosario: la señora Rebeca, tendida en la silla plegadiza, está perpleja, viendo que el reloj permanece fijo al borde del minuto inminente, y Águeda ha tenido tiempo (aunque en el reloj de la señora Rebeca no haya transcurrido el segundo) de pasar una nueva cuenta en el rosario y pensar: «Esto haría si pudiera ir hasta donde el padre Ángel.» Luego la mano del niño desciende y la navaja aprovecha el movimiento en la penca y uno de los hombres, sentado en la frescura del quicio, dice: «Deben ser como las tres y media, ¿no es cierto?» Entonces la mano se detiene. Otra vez el reloj muerto a la orilla del minuto siguiente, otra vez la navaja detenida en el espacio de su propio acero; y Águeda esperando aún el nuevo movimiento de la mano para estirar las piernas e irrumpir en la sacristía, con los brazos abiertos, otra vez las rodillas dinámicas, diciendo: «Padre, padre.» Y el padre Ángel postrado en la quietud del niño, pasando la lengua por los labios para sentir el viscoso sabor de la pesadilla de albóndigas, viendo a Águeda, diría entonces: «Esto debe ser un milagro, sin duda», y luego, revolcándose otra vez en el sopor de la siesta, gimoteando en la modorra sudorosa y babeante: «De todos modos, Águeda, éstas no son horas para decirles misa a las ánimas del purgatorio.» Pero el nuevo movimiento se frustra, mi padre entra a la habitación y los dos tiempos se reconcilian; las dos mitades ajustan, se consolidan, y el reloj de la señora Rebeca cae en la cuenta de que ha estado confundido entre la parsimonia del niño y la impaciencia de la viuda, y entonces bosteza, ofuscado, se zambulle en la prodigiosa quietud del momento, y sale después chorrean-

te de tiempo líquido, de tiempo exacto y rectifi-
cado, y se inclina hacia adelante y dice con cere-
moniosa dignidad: «Son las dos y cuarenta y siete minutos, exactamente.» Y mi padre, que sin
saberlo ha roto la parálisis del instante, dice:
«Está en las nebulosas, hija.» Y yo digo: «¿Cree
usted que pueda pasar algo?» Y él, sudoroso,
sonriente: «Por lo menos, estoy seguro de que
en muchas casas se quemará el arroz y se derramará la leche.»

....

Ahora el ataúd está cerrado, pero yo recuerdo la cara del muerto. La he retenido con tanta
precisión que si miro hacia la pared veo los ojos
abiertos, las mejillas estiradas y grises como la
tierra húmeda, la lengua mordida a un lado de la
boca. Esto me produce una ardorosa sensación
de intranquilidad. Tal vez el pantalón no deje de
apretarme nunca a un lado de la pierna.

Mi abuelo se ha sentado junto a mi madre.
Cuando regresó del cuarto vecino rodó la silla y
ahora permanece aquí, sentado junto a ella, sin
decir nada, la barba apoyada en el bastón y estirada hacia adelante la pierna coja. Mi abuelo espera. Mi madre, como él, espera. Los hombres
que han dejado de fumar en la cama y permanecen quietos, ordenados, sin mirar el ataúd, ellos
también esperan.

Si me vendaran los ojos, si me cogieran de la mano y me dieran veinte vueltas por el pueblo y me volvieran a traer este cuarto, lo reconocería por el olor. No olvidaré nunca que esta pieza huele a desperdicios, a baúles amontonados, con todo y que sólo he visto un baúl en el que podríamos escondernos Abraham y yo y aún sobraría espacio para Tobías. Yo conozco los cuartos por el olor.

El año pasado Ada me había sentado en sus piernas. Yo tenía los ojos cerrados y la veía a través de las pestañas. La veía oscura, como si no fuera una mujer sino apenas un rostro que me miraba y se mecía y balaba como la oveja. Estaba quedándome verdaderamente dormido cuando sentí el olor.

No hay en la casa un olor que yo no reconozca. Cuando me dejan solo en el corredor, cierro los ojos, estiro los brazos y camino. Pienso: «Cuando sienta un olor a ron alcanforado, estaré en la pieza de mi abuelo.» Sigo caminando con los ojos cerrados y los brazos extendidos. Pienso: «Ahora pasé por el cuarto de mi madre porque huele a barajas nuevas. Después olerá a alquitrán y a bolitas de naftalina.» Sigo caminando y siento el olor a barajas nuevas en el preciso instante en que oigo la voz de mi madre, cantando en el cuarto. Entonces siento el olor a alquitrán y a bolitas de naftalina. Pienso: «Ahora seguirá oliendo a bolitas de naftalina. Entonces doblaré hacia la izquierda del olor y sentiré el otro olor a género blanco y a ventana cerrada. Allí me detendré.» Luego, cuando camino tres pasos, siento el olor nuevo y me quedo quieto, con los ojos cerrados y los brazos extendidos y oigo la voz de Ada, gritando: «Niño. Ya estás caminando con los ojos cerrados.»

Esa noche, cuando empezaba a dormirme, sentí un olor que no existe en ninguno de los cuartos de la casa. Era un olor fuerte y tibio como si hubieran puesto a remecer un jazminero. Abrí los ojos, olfateando el aire grueso y cargado. Dije: «¿Lo sientes?» Ada estaba mirándome, pero cuando le hablé cerró los ojos y miró hacia el otro lado. Yo volví a decirle: «¿Lo sientes? Parece como si hubiera jazmines en alguna parte.» Entonces ella dijo.

—Es el olor de los jazmines que estuvieron hasta hace nueve años contra el muro.

Yo me senté en sus piernas. «Pero ahora no hay jazmines», dije. Y ella dijo. «Ahora no. Pero hace nueve años, cuando tú naciste, había una mata de jazmines contra la pared del patio. De noche hacía calor y olía lo mismo que ahora.» Yo me recliné en su hombro. Le miraba la boca mientras hablaba. «Pero eso fue antes de que yo naciera», dije. Y ella dijo: «Fue que en ese tiempo hubo un gran invierno y fue necesario limpiar el jardín.»

El olor seguía allí, tibio, casi palpable, meneando los otros olores de la noche. Yo le dije a Ada: «*Quiero* que me digas eso.» Y ella guardó silencio un instante, miró después hacia el muro blanco de cal con luna y dijo:

—Cuando estés grande, sabrás que el jazmín es una flor que *sale*.

Yo no entendí, pero sentí un extraño estremecimiento, como si me hubiera tocado una persona. Dije: «Bueno»; y ella dijo: «Con los jazmines sucede lo mismo que con las personas que salen a vagar de noche después de muertas.»

Yo me quedé recostado contra su hombro, sin decir nada. Estaba pensando en otras cosas, en el asiento de la cocina en cuyo fondo roto mi abuelo pone a secar los zapatos cuando llueve. Yo sabía desde entonces que en la cocina hay un muerto que todas las noches se sienta, sin quitarse el sombrero, a contemplar las cenizas del fogón apagado. Al cabo de un instante, dije: «Eso debe ser como el muerto que se sienta en la cocina.» Ada me miró, abrió los ojos y dijo: «¿Cuál muerto?» Y yo le dije: «El que todas las noches está en el asiento donde mi abuelo pone a secar los zapatos.» Y ella dijo: «Allí no hay ningún muerto. El asiento está junto al fogón porque ya no sirve para otra cosa que para secar zapatos.»

Eso fue el año pasado. Ahora es distinto, ahora he visto un cadáver y me basta con cerrar los ojos para seguir viéndolo adentro, en la oscuridad de los ojos. Voy a decir a mi madre, pero ella ha empezado a conversar con mi abuelo. «¿Cree usted que pueda pasar algo?», dice. Y mi abuelo, levantando la barba del bastón, moviendo la cabeza: «Por lo menos estoy seguro de que en muchas casas se quemará el arroz y se derramará la leche.»

6

Al principio dormía hasta las siete. Se le veía aparecer en la cocina, con la camisa sin cuello abotonada hasta arriba, enrolladas hasta los codos las mangas arrugadas y sucias, los escuálidos pantalones a la altura del pecho y el cinturón amarrado por fuera, mucho más abajo de la pretina. Se tenía la impresión de que los pantalones iban a resbalar, a caer, por falta de un cuerpo sólido en que sostenerse. No había enflaquecido, pero en su rostro se advertía no ya el gesto militar y altanero del primer año, sino la expresión abúlica y fatigada del hombre que no sabe qué será de su vida un minuto después ni tiene el menor interés en averiguarlo. Tomaba su café negro, a las siete pasadas, y regresaba después al cuarto, repartiendo al regreso sus inexpresivos buenos días.

Llevaba cuatro años de vivir en nuestra casa y estaba acreditado en Macondo como un profesional serio, a pesar de que su carácter brusco y sus maneras desordenadas crearon en torno a él una atmósfera más parecida al temor que al respeto.

Fue el único médico en el pueblo hasta cuando llegó la compañía bananera y se hicieron los trabajos del ferrocarril. Entonces empezaron a sobrar sillas en el cuartito. La gente que lo visitó durante los primeros cuatro años de su estada en Macondo, empezó a desviarse después de que la compañía organizó el servicio médico para sus trabajadores. Él debió ver los nuevos rumbos trazados por la hojarasca, pero no dijo nada. Siguió abriendo la puerta de la calle, sentándose en su asiento de cuero, durante todo el día hasta cuando pasaron muchos sin que volviera un enfermo. Entonces echó el cerrojo a la puerta, compró una hamaca y se encerró en el cuarto.

Meme adquirió para esa época la costumbre de llevarle un desayuno compuesto de plátanos y naranjas. Comía las frutas y tiraba las cáscaras al rincón, de donde la guajira las sacaba los sábados, cuando hacía la limpieza del dormitorio. Pero por la manera como procedía, cualquiera hubiera sospechado que a él le importaba muy poco si un sábado hubiera dejado de hacer la limpieza y el cuarto se hubiera convertido en un muladar.

Ahora no hacía absolutamente nada. Se pasaba las horas en la hamaca, meciéndose. A través de la puerta entreabierta se le vislumbraba en la oscuridad, y su rostro seco e inexpresivo, su cabello revuelto, la vitalidad enfermiza de sus duros ojos amarillos, le daban el inconfundible aspecto del hombre que ha empezado a sentirse derrotado por las circunstancias.

Durante los primeros años de su permanencia en nuestra casa, Adelaida se mostró en apariencia indiferente o en apariencia conforme o realmente de acuerdo con mi voluntad de que permaneciera en la casa. Pero cuando cerró el consultorio y sólo abandonaba el cuarto a las horas de las comidas, a sentarse a la mesa con la misma apatía silenciosa y dolorida de siempre, mi esposa rompió los diques de su tolerancia. Me dijo: «Es una herejía seguirlo sosteniendo. Es como si estuviéramos alimentando al demonio.» Y yo, siempre inclinado hacia él por un complejo sentimiento de piedad, admiración y lástima (pues aunque yo quiera desfigurarlo ahora, había mucho de lástima en aquel sentimiento) insistía: «Hay que soportarlo. Es un hombre sin nadie en el mundo y necesita que se le comprenda.»

Poco después el ferrocarril empezó a prestar sus servicios. Macondo era un pueblo próspero, lleno de caras nuevas, con un salón de cine y numerosos lugares de diversiones. Entonces hubo trabajo para todo el mundo, menos para él. Siguió encerrado, esquivo hasta la mañana en que intempestivamente se hizo presente en el comedor a la hora del desayuno y habló con espontaneidad y hasta con entusiasmo de las magníficas perspectivas del pueblo. Esa mañana oí la palabra por primera vez. Él la dijo: «Todo esto pasará cuando nos acostumbremos a la *hojarasca*.»

Meses más tarde se le vio salir a la calle con frecuencia, antes del atardecer. Permanecía sentado en la peluquería hasta las últimas horas del día e intervenía en las tertulias que se formaban a la puerta, junto al tocador portátil, junto al taburete alto que el peluquero sacaba a la calle para que su clientela disfrutara del fresco al atardecer.

Los médicos de la compañía no se conformaron con privarlo de hecho de sus medios de vida, sino que en el 1907, cuando ya no había en Macondo un paciente que se acordara de él y cuando él mismo había desistido de esperarlo, alguno de los médicos de las bananeras sugirió a la alcaldía que exigiera a todos los profesionales del pueblo el registro de sus títulos. Él no debió de sentirse aludido, cuando apareció el edicto, un lunes, en las cuatro esquinas de la plaza. Fui yo quien le habló de la conveniencia de cumplir con ese requisito. Pero él, tranquilo, indiferente, se limitó a responder: «Yo no, coronel. No volveré a meterme en nada de eso.» Nunca he podido saber si realmente tenía sus títulos en regla. Ni siquiera supe si era francés como se suponía, ni si conservaba recuerdos de una familia que debió tener pero de la que nunca dijo una palabra. Algunas semanas después, cuando el alcalde y su secretario se hicieron presentes en mi casa para exigirle la presentación y el registro de su licencia, él se negó de manera rotunda a salir de la pieza. Ese día —después de cinco años de vivir en la misma casa, de comer en la misma mesa— caí en la cuenta de que ni siquiera conocíamos su nombre.

No se habría necesitado tener diecisiete años (como los tenía yo entonces) para observar —desde cuando vi a Meme emperifollada en la iglesia, y después, cuando hablé con ella en el botiquín— que en nuestra casa el cuartito de la calle estaba clausurado. Más tarde supe que mi madrastra había puesto el candado y se oponía a que fueran tocadas las cosas que quedaban adentro: la cama que el doctor usó hasta cuando compró la hamaca; la mesita de los medicamentos y de la cual no trajo a la esquina sino el dinero acumulado durante sus mejores años (que debió ser mucho porque nunca tuvo gastos en la casa y alcanzó para que Meme abriera el botiquín) y además, entre un montón de desperdicios y los viejos periódicos escritos en su idioma, el aguamanil y algunas prendas personales inservibles. Parecía como si todas esas cosas estuvieran contaminadas de lo que mi madrastra consideraba una condición maléfica, completamente diabólica.

Yo debía advertir la clausura del cuartito en octubre o noviembre (tres años después que Meme y él abandonaron la casa), porque a principios del año siguiente había empezado a hacerme ilusiones acerca del establecimiento de Martín en esa habitación. Yo deseaba vivir en ella después de mi matrimonio; la rondaba; en la conversación con mi madrastra llegaba hasta sugerir que era ya hora de que se abriera el candado y se levantara la inadmisible cuarentena impuesta a uno de los lugares más íntimos y amables de la casa. Pero antes de que empezáramos a coser mi vestido de novia, nadie me habló directamente del doctor, y mucho menos del cuartito que seguía siendo como algo suyo, como un fragmento de su personalidad que no podía ser desvinculado de nuestra casa mientras viviera en ella alguien que pudiera recordarlo.

Yo iba a contraer matrimonio antes de un año. No sé si fueron las circunstancias en que se desenvolvió mi vida durante la infancia y la adolescencia lo que me daba en este tiempo una noción imprecisa de los hechos y las cosas. Pero lo cierto es que en esos meses en que se adelantaban los preparativos de mis bodas, aún ignoraba yo el secreto de muchas cosas. Un año antes de casarme con él, yo recordaba a Martín a través de una vaga atmósfera de irrealidad. Tal vez por eso deseaba tenerlo cerca, en el cuartito, para convencerme de que se trataba de un hombre concreto y no de un novio conocido en el sueño. Pero yo no me sentía con fuerzas para hablar a mi madrastra de mis proyectos. Lo natural habría sido decir: «Voy a quitar el candado. Voy a poner la mesa junto a la ventana y la cama contra la pared de adentro. Voy a poner una maceta de claveles en la repisa y un ramo de sábila en el dintel.» Pero a mi cobardía, a mi absoluta falta de decisión, se agregaba la nebulosidad de mi prometido. Lo recordaba como una figura vaga, inasible, cuyos únicos elementos concretos parecían ser el bigote brillante, la cabeza un poco ladeada hacia la izquierda y el eterno saco de cuatro botones.

Él había estado en nuestra casa a fines de julio. Se pasaba el día entre nosotros y conversaba en la oficina con mi padre, dándole vueltas a un misterioso negocio del que nunca logré enterarme. De tarde Martín y yo íbamos con mi madrastra a las plantaciones. Pero cuando lo veía regresar en la claridad malva del crepúsculo, cuando estaba más cerca de mí, caminando junto a mi hombre, entonces era más abstracto e irreal. Yo sabía que nunca sería capaz de imagi-

narlo humano, o de encontrar en él la solidez in-
dispensable para que su recuerdo me diera valor,
me fortaleciera en el momento de decir: «Voy a
arreglar el cuarto para Martín.»

Hasta la idea de que iba a casarme con él me
resultaba inverosímil un año antes de la boda.
Lo había conocido en febrero, en el velatorio del
niño de Paloquemado. Varias muchachas cantá-
bamos y batíamos palmas procurando agotar
hasta el exceso la única diversión que se nos per-
mitía. En Macondo había un salón de cine, había
un gramófono público y otros lugares de diversión, pero mi padre y mi madrastra se oponían a
que disfrutáramos de ellos las muchachas de mi
edad. «Son diversiones para la hojarasca», decían.

En febrero hacía calor al mediodía. Mi madrastra y yo nos sentábamos en el corredor, a
pespuntar en género blanco, mientras mi padre
hacía la siesta. Cosíamos hasta cuando él pasaba
arrastrando los zuecos e iba a mojarse la cabeza
en el aguamanil. Pero de noche febrero era fresco y profundo y en todo el pueblo se oían las
voces de las mujeres cantando en los velorios de
los niños.

La noche en que fuimos al velorio del niño
de Paloquemado, debía oírse mejor que nunca la
voz de Meme Orozco. Ella era flaca, desgarbada
y dura como una escoba, pero sabía llevar la voz
mejor que nadie. Y en la primera pausa Genoveva García dijo: «Afuera está sentado un foraste-

ro.» Creo que todas dejamos de cantar, menos Remedios Orozco. «Imagínate que ha venido con saco», dijo Genovena García. «Ha estado hablando toda la noche y los otros le escuchan sin decir esta boca es mía. Tiene puesto un saco de cuatro botones y cruza la pierna y muestra medias con ligas y botas con ojetes.» Todavía Meme Orozco no había dejado de cantar, cuando nosotras batimos palmas y dijimos: «Vamos a casarnos con él.»

Después, cuando yo lo recordaba en la casa, no encontraba ninguna correspondencia entre esas palabras y la realidad. Recordaba como si hubieran sido dichas por un grupo de mujeres imaginarias que batían palmas y cantaban en la casa donde había muerto un niño irreal.

Otras mujeres fumaban a nuestro lado. Estaban serias, vigilantes, estirados hacia nosotros los largos cuellos de gallinazos. Detrás, contra la frescura del quicio, otra mujer, envuelta hasta la cabeza en un pañolón negro, aguardaba a que hirviera el café. De pronto una voz masculina se había incorporado a las nuestras. Al principio era desconcertada y sin dirección. Pero después fue vibrante y metálica, como si el hombre estuviera cantando en la iglesia. Veva García me había dado un codazo en las costillas. Entonces yo levanté la vista y lo vi por primera vez. Era joven y limpio, con el cuello duro y saco abotonado en los cuatro ojales. Y estaba mirándome.

Yo oía hablar de su regreso en diciembre y pensaba que ningún lugar era más apropiado para él que el cuartito clausurado. Pero ya no lo concebía. Me decía a mí misma: «Martín, martín, martín.» Y el nombre examinado, saboreado, desmontado en sus piezas esenciales, perdía para mí toda su significación.

Al salir del velorio había movido una taza vacía frente a mí. Había dicho: «He leído su suerte en el café.» Yo iba hacia la puerta, entre las otras muchachas, y oía la voz de él, honda, convincente, apacible: «Cuente siete estrellas y soñará conmigo.» Al pasar junto a la puerta vimos al niño de Paloquemado en la cajita, la cara cubierta con polvos de arroz, una rosa en la boca y los ojos abiertos con palillos. Febrero nos mandaba tibias bocanadas de su muerte y en el cuarto flotaba el vaho de los jazmines y las violetas tostadas por el calor. Pero en el silencio del muerto, la otra voz era constante y única. «Recuérdelo bien. Nada más que siete estrellas.»

En julio estaba en nuestra casa. Le gustaba recostarse contra los tiestos del pasamano. Decía: «Recuerda que nunca te miraba a los ojos. Es el secreto del hombre que ha empezado a sentir miedo de enamorarse.» Y era verdad que yo no recordaba sus ojos. No habría podido decir en julio de qué color tenía las pupilas el hombre con quien iba a casarme en diciembre. Sin embargo, seis meses antes, febrero era apenas un profundo silencio al mediodía, una pareja de congorochos, macho y hembra, enroscada en el piso del baño; la pordiosera de los martes pidiendo una ramita de toronjil, y él, estirado, sonriente, con el saco abotonado hasta arriba, diciendo: «La voy a poner a pensar en mí a toda hora. Coloqué un retrato suyo detrás de la puerta y le clavé alfileres en los ojos.» Y Genoveva García, muerta de risa: «Son tonterías que aprenden los hombres con los guajiros.»

A fines de marzo estaría transitando por la casa. Pasaría largas horas en la oficina con mi padre, convenciéndolo de la importancia de algo que nunca pude descifrar. Ahora han transcurrido once años desde mi matrimonio; nueve desde cuando lo vi diciéndome adiós en la ventanilla del tren, haciéndome prometer que cuidaría muy bien del niño mientras él regresaba por nosotros. Habían de transcurrir estos nueve años sin que se volviera a saber nada de él, sin que mi padre, que lo ayudó a adelantar los preparativos de ese viaje sin término, haya vuelto a decir una palabra en relación con su regreso. Pero ni siquiera en los tres años que duró nuestro matrimonio fue más concreto y palpable que lo fue en el velorio del niño de Paloquemado o ese domingo de marzo en que lo vi por segunda vez cuando Veva García y yo regresábamos a la iglesia. Él estaba parado en la puerta del hotel, solo, con las manos en los bolsillos laterales de su saco de cuatro botones. Dijo: «Ahora pensará en mí toda la vida porque ya el retrato dejó caer los alfileres.» Lo dijo con la voz tan apagada y tensa que parecía verdad. Pero aun esa verdad era diferente y extraña. Genoveva insistía: «Son porquerías de los guajiros.» Tres meses después ella se fugó con el director de una compañía de titiriteros, pero todavía ese domingo parecía muy escrupulosa y seria. Martín dijo: «Me tranquiliza saber que alguien me recordará en Macondo.» Y Genoveva García, mirándolo, con el rostro transformado por la exasperación, dijo:

—¡Mafarificafá! Se le va a pudrir encima ese saco de cuatro botones.

7

Aunque él hubiera esperado lo contrario, era un personaje extraño en el pueblo, apático a pesar de sus evidentes esfuerzos por parecer sociable y cordial. Vivía entre la gente de Macondo, pero distanciado de ella por el recuerdo de un pasado contra el cual parecía inútil cualquier tentativa de rectificación. Se le miraba con curiosidad, como a un sombrío animal que había permanecido durante mucho tiempo en la sombra y reaparecía observando una conducta que el pueblo no podía considerar sino como superpuesta y por lo mismo sospechosa.

Regresaba de la peluquería al anochecer y se encerraba en el cuarto. Desde hacía algún tiempo había suprimido la comida de la tarde y al principio se tuvo en la casa la impresión de que regresaba fatigado e iba directamente a la hamaca, a dormir hasta el día siguiente. Pero no transcurrió mucho tiempo antes de que yo cayera en la cuenta de que algo extraordinario le sucedía a sus noches. Se le oía moverse en el cuarto con una atormentada y enloquecedora insistencia, igual que si en esas noches lo recibiera en el cuarto el fantasma del hombre que había sido hasta entonces, y ambos, el hombre pasado y el hombre presente, se empeñaran en una sorda batalla en la cual el pasado defendía su rabiosa soledad, su invulnerable aplomo, sus personalismos intransigentes; y el presente, su terrible e inmodificable voluntad de liberarse de su propio hombre anterior. Yo lo oía dar vueltas en el cuarto hasta la madrugada, hasta cuando su propia fatiga agotaba la fuerza de su adversario invisible.

Sólo yo advertí la verdadera medida de su cambio, desde cuando dejó de usar las polainas y empezó a bañarse todos los días y a perfumar la ropa con agua de olor. Y pocos meses después su transformación había llegado al límite en que mi sentimiento hacia él dejó de ser una simple tolerancia comprensiva y se convirtió en compasión. No era su nuevo aspecto en la calle lo que me conmovía. Era el imaginarlo durante las noches encerrado en la habitación, raspando el barro de las botas, mojando el trapo en el aguamanil, untando el betún en los zapatos deteriorados por varios años de uso continuo. Me conmovía pensar en el cepillo y la cajita del betún guardados debajo de la estera, sustraídos a los ojos del mundo, como si fueran los elementos de un vicio secreto y vergonzoso contraído a una edad en que la mayoría de los hombres se vuelven serenos y metódicos. Prácticamente estaba viviendo una tardía y estéril adolescencia y se esmeraba en el vestir como un adolescente, con la ropa alisada todas las noches con el canto de las manos, en frío, y sin ser lo suficientemente joven como para tener un amigo a quien comunicar sus ilusiones o sus desencantos.

También el pueblo debió de advertir su cambio, pues poco tiempo después empezó a decirse que estaba enamorado de la hija del peluquero. No sé si habría algún fundamento para decirlo, pero lo cierto es que ese chisme me hizo caer en la cuenta de su tremenda soledad sexual, de la furia biológica que debía atormentarlo en esos años de sordidez y abandono.

Todas las tardes se le veía pasar hacia la peluquería cada vez más esmerado en el vestir. La camisa de cuello postizo, los puños con gemelos dorados y el pantalón limpio y planchado, sólo que todavía con el cinturón por fuera de las presillas. Parecía un novio aflictivamente arreglado, envuelto en el aura de las lociones baratas; el eterno novio frustrado, el amador crepuscular al que siempre haría falta el ramo de flores para la primera visita.

Así lo sorprendieron los primeros meses de 1909, sin que todavía existiera otro fundamento para los chismes del pueblo que el hecho de verlo sentado todas las tardes en la peluquería, conversando con los forasteros, pero sin que nadie hubiera podido asegurar que había visto siquiera una vez a la hija del peluquero. Yo descubrí la crueldad de esos chismes. En el pueblo no ignoraba nadie que la hija del peluquero permanecía soltera después de haber sufrido durante un año entero la persecución de un *espíritu*, un amante invisible que echaba puñados de tierra en sus alimentos y enturbiaba el agua de la tinaja y nublaba los espejos de la peluquería y la golpeaba hasta ponerle el rostro verde y desfigurado. Fueron inútiles los esfuerzos de *El Cachorro*, los estolazos, la compleja terapéutica del agua bendita, las reliquias sagradas y los ensalmos administrados con dramática solicitud. Como recurso extremo, la mujer del peluquero encerró a la hija hechizada en el cuarto, regó puñados de arroz en la sala y la entregó al amador invisible en una luna de miel solitaria y muerta, después de la cual hasta los hombres de Macondo dijeron que la hija del peluquero había concebido.

No había transcurrido un año, cuando dejó de esperarse el monstruoso acontecimiento de su parto y la curiosidad popular se orientó en el sentido de que el doctor estaba enamorado de la hija del peluquero, a pesar de que todo el mundo tenía la convicción de que la hechizada se encerraría en el cuarto, a desmenuzarse en vida mucho antes de que sus posibles pretendientes se convirtieran en hombres casaderos.

Por eso sabía yo que más que una fundamentada suposición, aquél era un chisme cruel, malévolamente premeditado. A fines de 1909 él seguía asistiendo a la peluquería y la gente hablando, organizando la boda, sin que nadie hubiera podido decir que la muchacha salió alguna vez estando él presente, ni que tuvieron alguna oportunidad de dirigirse la palabra.

....

En un septiembre abrasante y muerto como éste, hace trece años, mi madrastra empezó a coser mi traje de novia. Todas las tardes, mientras mi padre hacía la siesta, nos sentábamos a coser junto a los tiestos de flores del pasamanos, junto al ardiente fogoncillo de romero. Septiembre ha sido así toda la vida, desde hace trece años y muchos más. Como mis bodas habían de realizarse en ceremonia íntima (pues así lo había dispuesto mi padre), cosíamos con lentitud, con la cuidadosa minuciosidad de quien no tiene prisa y ha encontrado en su trabajo imperceptible la mejor medida para su tiempo. Entonces hablábamos. Yo seguía pensando en el cuartito de la calle, acumulando valor para decirle a mi madrastra que era el mejor sitio para acomodar a Martín. Y esa tarde lo dije.

Mi madrastra estaba cosiendo la larga cola de espumilla y parecía, a la luz cegadora de aquel septiembre intolerablemente claro y sonoro, como si estuviera sumergida hasta los hombros en una nube de ese mismo septiembre. «No», dijo mi madrastra. Y después, volviendo a su labor, sintiendo pasar por su frente ocho años de recuerdos amargos: «No permita Dios que alguien vuelva a entrar en ese aposento.»

Martín había vuelto en julio, pero no se había hospedado en la casa. Le gustaba recostarse contra los tiestos del pasamano y quedarse mirando hacia el otro lado. Le gustaba decir: «Me quedaría a vivir en Mácondo para toda la vida.» En las tardes salíamos con mi madrastra a las plantaciones. Regresábamos a la hora de la comida, antes de que se encendieran las luces del pueblo. Entonces me decía: «Aunque no fuera por ti, me quedaría a vivir en Macondo de todos modos.» Y también eso, en la manera de decirlo, parecía verdad.

Para ese tiempo hacía cuatro años que el doctor había abandonado nuestra casa. Y fue precisamente la tarde en que empezamos a coser el traje de novia —esa tarde sofocante en que le dije lo del cuartito para Martín— cuando mi madrastra me habló por primera vez de sus extrañas costumbres.

—Hace cinco años —dijo—, todavía estaba allí, encerrado como un animal. Porque no sólo era eso: un animal, sino algo más: un animal herbívoro, un rumiante como cualquier buey de yunta. Si se hubiera casado con la hija del peluquero, con la mosquita muerta que le hizo creer al pueblo esa gran mentira de que había concebido después de una turbia luna de miel con los espíritus, es posible que nada de esto hubiera sucedido. Pero dejó de ir a la peluquería intempestivamente y hasta mostró una transformación de última hora que no era sino un nuevo capítulo en la realización metódica de su plan espantoso. Sólo a tu papá pudo ocurrírsele que después de eso, siendo un hombre de tan bajas costumbres, debía permanecer en nuestra casa, viviendo como un animal, escandalizando el pueblo, dando motivos para que hablara de nosotros como de quien está practicando un permanente desafío a la moral y las buenas costumbres. Lo que él estaba planeando había de culminar con la mudanza de Meme. Pero ni siquiera entonces reconoció tu padre las alarmantes proporciones de su error.

—No he oído nada de eso —dije. Las cigarras habían instalado un aserradero en el patio. Mi madrastra hablaba, sin dejar de coser, sin levantar la vista del tambor sobre el cual estaba grabando símbolos, bordando laberintos blancos. Decía: «Esa noche estábamos sentados a la mesa (todos menos él, porque desde la tarde en que regresó por última vez de la peluquería no hacía la comida de la tarde) cuando Meme vino a servirnos. Estaba demudada. "¿Qué te pasa, Meme?", le dije. "Nada, señora. ¿Por qué?" Pero nosotros sabíamos que no estaba bien, porque vacilaba junto a la lámpara y toda ella tenía un aspecto enfermizo. "Por Dios, Meme, que tú no estás bien", dije. Y ella se sostenía a medias, como le era posible, hasta cuando se dio vuelta hacia la cocina con la bandeja. Entonces tu padre, que la observaba durante todo el tiempo, le dijo: "Si no se siente bien, que se acueste." Y ella no dijo nada. Siguió con la bandeja, de espaldas a nosotros, hasta cuando sentimos el estrépito de la loza haciéndose añicos. Meme estaba en el corredor, sosteniéndose en la pared con las uñas. Entonces fue cuando tu padre fue a buscarlo a ese aposento para que atendiera a Meme.»

En ocho años que llevaba de estar en nuestra casa —decía mi madrastra— nunca habíamos solicitado sus servicios para nada grave. Las mujeres fuimos al cuarto de Meme, la friccionamos con alcohol, y aguardamos a que volviera tu padre. Pero no vinieron, Isabel. No vino a ver a Meme a pesar de que el hombre que lo alimentó durante ocho años, le dio habitación y lavado de ropa, había ido a buscarlo personalmente. Cada vez que lo recuerdo pienso que su venida fue un castigo de Dios. Pienso que toda esa hierba que le dimos durante ocho años, todos esos cuidados, toda esa solicitud, fueron una prueba de Dios para darnos una lección de prudencia y desconfianza del mundo. Era como si hubiéramos cogido ocho años de hospedaje, de alimentos, de ropa limpia, y se lo hubiéramos echado a los cerdos. Meme se estaba muriendo (por lo menos eso creíamos nosotras) y él, allí mismo, seguía encerrado, negándose a cumplir con lo que ya no era una obra de caridad, sino de decencia, de agradecimiento, de simple consideración hacia sus protectores.

Sólo a la medianoche llegó tu padre, decía. Dijo flojamente: «Que le den fricciones de alcohol, pero que no la purguen.» Y yo sentí como si me hubiera abofeteado. Meme había reaccionado con nuestras fricciones. Enfurecida grité: «Sí. Alcohol, eso, eso. Ya la friccionamos y está mejor. Pero para hacer eso no hemos tenido necesidad de vivir ocho años de gorra.» Y tu padre, todavía condescendiente, todavía con esa tontería conciliatoria: «No es nada serio. Algún día te darás cuenta de eso.» Como si el otro fuera adivino.

Esa tarde, por la vehemencia de su voz, por la exaltación de sus palabras, parecía como si mi madrastra estuviera viviendo de nuevo los episodios de aquella noche remota en que el doctor rehusó atender a Meme. El romero parecía sofo-

cado por la cegadora claridad de septiembre, por
el sopor de las cigarras, por el jadeo de los hombres que trataban de desmontar una puerta en el
vecindario.

—Pero un domingo de esos Meme fue a
misa emperifollada como una señora de lo mejor —dijo—. Recuerdo como ahora que tenía
una sombrilla de colores cambiantes.

—Meme. Meme. Eso también fue un castigo
de Dios. En eso de que la sacáramos de donde
sus padres la estaban matando de hambre, la
atendiéramos, le diéramos techo, alimentación y
nombre, también intervino la mano de la Provi-
dencia. Cuando la vi en la puerta el día siguiente, esperando a que uno de los guajiros le llevara
el baúl, ni yo misma sabía adónde iba. Estaba
transformada y seria, allí mismo (me parece que
la estuviera viendo), parada junto al baúl, hablando con tu padre. Todo se hizo sin consultar-
lo conmigo, Chabela; como si yo fuera un monicongo pintado en la pared. Antes de que yo
pudiera preguntar qué estaba pasando, por qué
estaban sucediendo cosas extrañas en mi propia
casa sin que yo lo supiera, tu padre había venido
a decirme: «No tienes nada que preguntarle a
Meme. Ella se va pero tal vez vuelva dentro de
algún tiempo.» Yo le pregunté para dónde iba y
él no me respondió. Se fue arrastrando los zuecos, como si yo no fuera su esposa, sino cualquier monicongo pintado en la pared.

—Sólo dos días después —decía— supe que el otro se había ido en la madrugada y ni siquiera había tenido la decencia de despedirse. Había entrado como Pedro en su casa y ocho años después salía como Pedro de la suya, sin despedirse, sin decir nada. Ni más ni menos que como lo habría hecho un ladrón. Yo pensé que tu padre lo había despedido por haberse negado a atender a Meme. Pero cuando le hice la pregunta, ese mismo día, se limitó a responder: «Tú y yo tenemos que hablar largo de eso.» Y han transcurrido cinco años sin que haya vuelto a tocarme el punto.

»Sólo con tu padre y en una casa desordenada como ésta, en la que cada cual hace las cosas por su cuenta, podía suceder una cosa así. En Macondo no se hablaba de nada distinto, cuando yo ignoraba todavía que Meme se había presentado a la iglesia, adornada como una cualquiera elevada a la categoría de señora, y que tu padre había tenido el descaro de sacarla del brazo por la plaza. Entonces fue cuando supe que no estaba tan lejos como yo creía, sino que vivía en la casa de la esquina con el doctor. Se habían ido a vivir juntos, como dos cerdos, sin pasar siquiera por la puerta de la iglesia, a pesar de que ella era mujer bautizada. Un día le dije a tu padre: "También esta herejía la castigará Dios." Y él no dijo nada. Seguía siendo el mismo hombre tranquilo de siempre, después de haber patrocinado el concubinato público y el escándalo.

»Sin embargo, ahora estoy complacida de que las cosas hubieran sucedido de ese modo, a cambio de que el doctor abandonara nuestra casa. Si aquello no hubiera ocurrido, todavía estaría en el cuartito. Pero cuando supe que lo había abandonado y que se llevaba a la esquina sus porquerías y ese baúl que no cabía por la puerta de la calle, me sentí más tranquila. Ése era mi triunfo, aplazado ocho años.

»Dos semanas después Meme había abierto la tienda y hasta tenía máquina de coser. Había comprado una *Domestic* nueva con el dinero que él acumuló en esta casa. Yo consideraba eso como una afrenta y así se lo dije a tu padre. Pero aunque él no respondía a mis protestas, se observaba que más que arrepentido estaba satisfecho de su obra como si hubiera salvado su alma oponiendo a las conveniencias y la honra de esta casa su proverbial tolerancia, su comprensión, su liberalidad. Y hasta un poco de insensatez. Le dije: "Has echado a los cerdos lo mejor de tus creencias." Y él, como siempre:

»—También de eso te darás cuenta algún día.

8

Diciembre llegó como una primavera imprevista, como descrito en un libro. Y con él llegó Martín. Apareció en la casa después del almuerzo con una maleta plegable, todavía con el saco de cuatro botones, ahora limpio y recién planchado. Nada me dijo, porque fue directamente a la oficina de mi padre, a conversar con él. La fecha de la boda había sido fijada desde julio. Pero a los dos días de la llegada de Martín en diciembre, mi padre llamó a mi madrastra a la oficina para decirle que la boda debía realizarse el lunes. Era sábado.

Mi traje estaba concluido. Martín había estado en la casa todos los días, hablaba con mi padre y éste nos comunicaba sus impresiones a la hora de las comidas. Yo no conocía a mi novio. No había estado sola con él en ningún momento. Sin embargo, Martín parecía vinculado a mi padre por una entrañable y sólida amistad y éste hablaba de aquél, como si fuera él y no yo quien iba a casarse con Martín.

Yo no sentía ninguna emoción ante la cercanía de mi boda. Seguía envuelta en esa nebulosa gris a través de la cual Martín venía derecho y abstracto, moviendo los brazos al hablar, abotonando y desabotonando su saco de cuatro botones. El domingo almorzó con nosotros. Mi madrastra dispuso los puestos en la mesa de manera que Martín quedara junto a mi padre, separado tres puestos del mío. En el almuerzo mi madrastra y yo nos dirigimos muy pocas palabras. Mi padre y Martín conversaban sobre sus negocios; y yo, sentada tres puestos más allá, veía al hombre que un año después sería el padre de mi hijo y a quien no me vinculaba ni siquiera una amistad superficial.

En la noche del domingo me puse el traje de novia en la alcoba de mi madrastra. Me veía pálida y limpia frente al espejo, envuelta en la nube de polvorienta espumilla que me recordaba al fantasma de mi madre. Me decía frente al espejo: «Ésa soy yo, Isabel. Estoy vestida de novia, para casarme por la madrugada.» Y me desconocía a mí misma; me sentía desdoblada en el recuerdo de mi madre muerta. Meme me había hablado de ella, en esta esquina, pocos días antes. Me dijo que después de mi nacimiento, mi madre fue vestida con sus prendas nupciales y colocada en el ataúd. Y ahora, viéndome en el espejo, yo veía los huesos de mi madre cubiertos por el verdín sepulcral, entre un montón de espuma rota y un apelmazamiento de polvo amarillo. Yo estaba fuera del espejo. Adentro estaba mi madre, viva otra vez, mirándome, extendiendo los brazos desde su espacio helado, tratando de tocar la muerte que prendía los primeros alfileres de mi corona de novia. Y detrás, en el centro de la alcoba, mi padre serio, perplejo: «Ahora está exacta a ella, con ese traje.»

Esa noche recibí la primera, la última y la única carta de amor. Un mensaje de Martín escrito a lápiz en el revés del programa de cine. Decía: «*Como me será imposible llegar a tiempo esta noche, me confesaré por la madrugada. Dígale al coronel que lo hablado está casi conseguido, que por eso no puedo ir ahora. ¿Muy asustada? M.*» Con el harinoso sabor de esta carta me fui a la alcoba y todavía estaba amargo mi paladar cuando desperté, pocas horas después, sacudida por mi madrastra.

Pero en realidad transcurrieron muchas horas antes de que despertara por completo. Yo me sentía otra vez con el traje de novia en una madrugada fresca y húmeda, olorosa a almizcle. Sentía la sequedad en la boca, como cuando se va de viaje y la saliva se resiste a humedecer el pan. Los padrinos estaban en la sala desde las cuatro. Yo los conocía a todos, pero ahora los veía transformados y nuevos, los hombres vestidos de paño y las mujeres hablando, con los sombreros puestos, llenando la casa con el vapor denso y enervante de sus palabras.

La iglesia estaba vacía. Algunas mujeres se volvieron a mirarme cuando atravesé la nave central como un mancebo sagrado hacia la piedra de los sacrificios. *El Cachorro*, flaco y digno, la única persona que tenía contornos de realidad en aquella turbulenta y silenciosa pesadilla, descendió por las gradas y me entregó a Martín con cuatro movimientos de sus manos escuálidas. Martín estaba a mi lado, tranquilo y sonriente, como lo vi en el velorio del niño de Paloquemado, pero ahora con el cabello corto, como para demostrarme que el mismo día de la boda se había esmerado en ser todavía más abstracto de lo que ya lo era naturalmente en los días ordinarios.

Esa madrugada, ya de regreso a casa, después de que los padrinos tomaron el desayuno y repartieron las frases habituales, mi esposo salió a la calle y no regresó hasta después de la siesta. Mi padre y mi madrastra aparentaron no darse cuenta de mi situación. Dejaron transcurrir el día sin alterar el orden de las cosas, de manera que nada permitiera sentir el soplo extraordinario de aquel lunes. Me deshice del traje de novia, hice con él un envoltorio y lo guardé en el fondo del ropero acordándome de mi madre, pensando: *Al menos estos trapos me servirán de mortaja*.

El desposado irreal regresó a las dos de la tarde y dijo que había almorzado. Entonces me pareció, viéndole venir, con el pelo cortado, que diciembre había dejado de ser un mes azul. Martín se sentó a mi lado y estuvimos un momento sin hablar. Por primera vez desde mi nacimiento sentí miedo de que empezara a anochecer. Debí de manifestarlo en algún gesto, porque repentinamente Martín pareció vivir, se inclinó sobre mi hombro; dijo: «¿En qué estás pensando?» Yo sentí que algo se torcía en mi corazón: el desconocido empezaba a tutearme. Miré hacia arriba, hacia donde diciembre era una gigantesca bola brillante, un luminoso mes de vidrio; dije: «Estoy pensando que lo único que falta ahora es que empiece a llover.»

....

La última noche que hablamos en el corredor, había más calor que de costumbre. Pocos días después él regresaría para siempre de la peluquería y se encerraría en el cuarto. Pero aquella última noche del corredor, una de las más cálidas y densas que recuerda mi memoria, él se mostró comprensivo, como en muy pocas ocasiones. Lo único que parecía vivir, en medio de aquel horno inmenso, era la sorda reverberación de los grillos soliviantados por la sed de la naturaleza, y la minúscula, insignificante y sin embargo desmedida actividad del romero y el nardo, ardiendo en el centro de la hora desierta. Ambos permanecimos callados un instante, sudando esa sustancia gorda y viscosa que no es sudor sino la suelta baba de la materia viva en descomposición. A veces él miraba las estrellas, el cielo desolado a fuerza de esplendor estival; permanecía después silencioso, como entregado por entero al tránsito de aquella noche monstruosamente viva. Permanecimos así, pensativos, frente a frente, él en su asiento de cuero, yo en el mecedor. De pronto, al paso de una ala blanca, lo vi con la cabeza triste y sola ladeada sobre el hombro izquierdo. Me acordé de su vida, de su soledad, de sus espantosos disturbios espirituales. Me acordé de la indiferencia atormentada con que asistía al espectáculo de la vida. Antes me había sentido vinculado a él por sentimientos complejos, en ocasiones contradictorios y tan variables como su personalidad. Pero en aquel instante no tuve la menor duda de que había empezado a quererlo entrañablemente. Creí descubrir en mi interior esa misteriosa fuerza que desde el primer momento me indujo a protegerlo y sentí en carne viva el dolor de su cuartito sofocante y oscuro. Lo vi sombrío y derrotado, apabullado por las circunstancias. Y súbitamente, a una nueva mirada de sus duros y penetrantes ojos amarillos, tuve la certeza de que el secreto de su laberíntica soledad me había sido revelado por la tensa pulsación de la noche. Antes de que yo mismo hubiera tenido tiempo de pensar por qué lo hacía, le pregunté:

—Dígame una cosa, doctor: ¿Usted cree en Dios?

Él me miró. El cabello le caía sobre la frente y ardía todo él en una especie de sofocación interior, pero todavía no mostraba su semblante sombra alguna de emoción o desconcierto. Dijo, enteramente recobrada su parsimoniosa voz de rumiante:

—Es la primera vez que alguien me hace esa pregunta.

—Y usted mismo, doctor, ¿se la ha hecho alguna vez?

No pareció indiferente ni preocupado. Pareció apenas interesado en mi persona. Ni siquiera en mi pregunta y mucho menos en la intención de ella.

—Es difícil saberlo —dijo.

—¿Pero no le produce temor una noche como ésta? ¿No tiene usted la sensación de que hay un hombre más grande que todos caminando por las plantaciones mientras nada se mueve y todas las cosas parecen perplejas ante el paso del hombre?

Ahora guardó silencio. Los grillos llenaban el ámbito, más allá del tibio olor vivo y casi humano que se levantaba del jazminero sembrado a la memoria de mi primera esposa. Un hombre sin medidas estaba caminando, solo, a través de la noche.

—No creo que me desconcierte nada de eso, coronel. —Y ahora parecía perplejo, él también, como las cosas, como el romero y el nardo en su ardiente sitio. «Lo que me desconcierta», dijo, y se quedó mirándome a los ojos, concretamente, con dureza: «Lo que me desconcierta es que exista una persona como usted capaz de decir con seguridad que se da cuenta de ese hombre que camina en la noche.»

—Nosotros procuramos salvar el alma, doctor. Ésa es la diferencia.

Y entonces fui más allá de donde me proponía: «Usted no lo oye porque es ateo.»

Y él, sereno, imperturbable:

—Créame que no soy ateo, coronel. Lo que sucede es que me desconcierta tanto pensar que Dios existe, como pensar que no existe. Entonces prefiero no pensar en eso.

No sé por qué tenía el presentimiento de que era exactamente eso lo que me iba a responder. «Es un desconcertado de Dios», pensé, oyendo lo que él acababa de decirme espontáneamente, con claridad, con precisión, como si lo hubiera leído en un libro. Yo seguía embriagado por el sopor de la noche. Me sentía metido en el corazón de una inmensa galería de imágenes proféticas.

Allí, detrás del pasamano, estaba el jardincillo que Adelaida y mi hija cultivaban. Por eso ardía el romero, porque ellas lo fortalecían todas las mañanas con sus cuidados, para que en noches como ésa su ardiente vapor transitara por la casa e hiciera más reposado el sueño. El jazminero mandaba su insistente tufo y nosotros lo recibíamos porque tenía la edad de Isabel, porque en cierta manera aquel olor era una prolongación de su madre. Los grillos estaban en el patio, entre los arbustos, porque olvidamos limpiar la maleza cuando dejó de llover. Lo único, increíble, maravilloso, era que él estaba allí, con su enorme pañuelo ordinario, secándose la frente abrillantada por el sudor.

Después de una nueva pausa, dijo:

—Me gustaría saber por qué me hizo esta pregunta, coronel.

—Se me ocurrió de pronto —dije yo—. Tal vez sea que desde hace siete años estoy deseando saber qué piensa un hombre como usted.

Yo también me enjugaba el sudor. Decía:

—O tal vez sea que me preocupo por su soledad. —Esperé una respuesta que no hubo. Lo vi frente a mí, todavía triste y solo. Me acordé de Macondo, de la locura de su gente que quemaba billetes en las fiestas; de la hojarasca sin dirección que lo menospreciaba todo, que se revolcaba en su ciénaga de instintos y encontraba en la disipación del sabor apetecido. Me acordé de su vida antes de que llegara la hojarasca. Y de su vida posterior, de sus perfumes baratos, de sus viejos zapatos lustrados, del chisme que le perseguía, como una sombra ignorada por él mismo. Dije—: Doctor, ¿usted no ha pensado nunca en tener una mujer?

Y antes de que yo acabara de preguntarle, él estaba respondiendo, iniciando uno de sus largos habituales rodeos:

—Usted quiere mucho a su hija, coronel. ¿No?

Respondí que eso era natural. Él siguió hablando:

—Bueno. Pero usted es distinto. A nadie le gusta más que a usted clavar sus propios clavos. Yo lo he visto poniéndole bisagras a una puerta cuando hay varios hombres a su servicio que podrían hacerlo por usted. Le gusta eso. Creo que su felicidad consiste en andar por la casa con una caja de herramientas, buscando dónde hay una pieza por arreglar. Usted es capaz de agradecerle a uno que le descomponga las bisagras, coronel. Lo agradece porque se le da en esa forma una oportunidad para ser feliz.

—Es una costumbre —dije yo, sin saber qué rumbos perseguía él—. Dicen que mi madre era lo mismo.

Él había reaccionado. Su actitud era pacífica, pero férrea.

—Muy bien —dijo—. Esa costumbre es

buena. Es además la felicidad menos costosa que he conocido. Por eso tiene una casa como la que tiene y ha criado a su hija en esa forma. Digo que debe ser bueno tener una hija como la suya.

Todavía ignoraba yo los propósitos de ese largo rodeo. Pero aun ignorándolo pregunté:

—Y usted, doctor, ¿no ha pensado en lo bueno que sería para usted tener una hija?

—Yo no, coronel —dijo. Y sonrió pero tornó a ponerse serio de inmediato—. Mis hijos no serían como los suyos.

Entonces no quedó en mí el menor rastro de duda: él hablaba con seriedad y esa seriedad, esa situación, me parecieron espantosas. Yo pensaba: *Es más digno de lástima por esto que por todo lo demás.* Merecía protección, pensaba.

—¿Usted ha oído hablar de *El Cachorro*? —le pregunté.

Respondió que no. Yo dije:

—*El Cachorro* es el párroco, pero más que eso es un amigo de todo el mundo. Usted debe conocerlo, doctor.

—Ah, sí, sí —dijo él—. El *también* tiene hijos, ¿no?

—No es eso lo que me interesa ahora —dije yo—. La gente inventa chismes a *El Cachorro* porque lo quieren mucho. Pero allí tiene usted un caso, doctor. *El Cachorro* está muy lejos de ser un rezandero, un santurrón como decimos.

Es un hombre completo que cumple con sus deberes como un hombre.

Ahora oía con atención. Permanecía silencioso, concentrado, fijos en los míos sus duros ojos amarillos. Dijo: «Eso es bueno, ¿no?»

—Creo que *El Cachorro* va a ser santo —dije yo. Y en eso también era sincero—. Nunca habíamos visto en Macondo nada igual. Al principio se le tuvo desconfianza porque es de aquí, porque los viejos lo recuerdan cuando salía a coger pájaros como todos los muchachos. Peleó en la guerra, fue coronel y eso era una dificultad. Usted sabe que la gente no respeta a los veteranos por lo mismo que respeta a los sacerdotes. Además, no estábamos acostumbrados a que se nos leyera el almanaque Bristol en vez de los Evangelios.

Sonrió. Aquello debía resultarle tan gracioso como a nosotros durante los primeros días. Dijo: «Es curioso, ¿no?»

—*El Cachorro* es así. Prefiere orientar al pueblo en relación con los fenómenos atmosféricos. Tiene una preocupación casi teológica por las tempestades. Todos los domingos habla de ellas. Y su prédica, por eso, no se basa en los Evangelios sino en las predicciones atmosféricas del almanaque Bristol.

Ahora estaba sonriente y escuchaba con una atención dinámica y complacida. Yo también me sentía entusiasmado. Dije: «Todavía hay algo que a usted le interesa, doctor. ¿Sabe desde cuándo está *El Cachorro* en Macondo?»

Él dijo que no.

—Llegó por casualidad el mismo día que usted —dije yo—. Y todavía más curioso: Si usted tuviera un hermano mayor, estoy seguro de que sería igual a *El Cachorro*. Físicamente, claro.

Ahora no parecía pensar en otra cosa. Yo advertí en su seriedad, en su atención concentrada y tenaz, que había llegado el instante de decirle lo que me proponía:

—Pues bien, doctor —dije—. Hágale una visita a *El Cachorro* y se dará cuenta de que las cosas no son como usted las ve.

Y él dijo que sí, que iría a visitar a *El Cachorro*.

9

Frío, silencioso, dinámico, el candado elabora su herrumbre. Adelaida lo puso en el cuartito cuando supo que el doctor se vino a vivir con Meme. Mi esposa consideró esa mudanza como un triunfo suyo, como la culminación de una labor sistemática, tenaz, iniciada por ella desde el mismo momento en que yo dispuse que él viviera entre nosotros. Diecisiete años después, el candado sigue guardando el aposento.

Si en mi actitud, inmodificada durante ocho años, pudo haber algo de indigno a los ojos de los hombres o ingrato a los de Dios, mi castigo iba a sobrevenir mucho antes de mi muerte. Tal me correspondía expiar en la vida lo que yo consideré como un deber de humanidad, como una obligación cristiana. Porque no había empezado a acumularse la herrumbre en el candado cuando Martín estaba en mi casa, con una cartera atiborrada de proyectos, de cuya autenticidad nada he podido saber, y la firme disposición de casarse con mi hija. Llegó a mi casa con un saco de cuatro botones, segregando juventud y dinamismo por todos los poros, envuelto en una luminosa atmósfera de simpatía. Se casó con Isabel en diciembre, hace ahora once años. Han transcurrido nueve desde cuando se fue con la cartera llena de obligaciones firmadas por mí, y prometió volver tan pronto como realizara la operación que se había propuesto para la cual contaba con el respaldo de mis bienes. Han transcurrido nueve años pero no por ello tengo derecho a pensar que era un estafador. No tengo derecho a pensar que su matrimonio fue apenas una coartada para persuadirme de su buena fe.

Pero ocho años de experiencia habían servido de algo. Martín habría ocupado el cuartito. Adelaida se opuso. Su oposición fue esta vez férrea, decidida, irrevocable. Yo sabía que mi mujer no habría tenido el menor inconveniente en arreglar la caballeriza como una alcoba nupcial, antes de permitir que los desposados ocuparan el cuartito. Esta vez acepté sin vacilaciones su punto de vista. Ése era mi reconocimiento a su triunfo aplazado durante ocho años. Si ambos nos equivocamos al confiar en Martín, corre como error compartido. No hay triunfo ni derrota para ninguno de los dos. Sin embargo, lo que venía después estaba más allá de nuestras fuerzas, era como los fenómenos atmosféricos anunciados en el almanaque, que han de cumplirse fatalmente.

Cuando le dije a Meme que abandonara nuestra casa, que siguiera el rumbo que consideraba más conveniente a su vida; y después, aunque Adelaida me echó en cara mis debilidades y flaquezas, yo he podido rebelarme, imponer mi voluntad por encima de todo (siempre lo había hecho así) y ordenar las cosas a mi manera. Pero algo me indicaba que era impotente ante el curso que iban tomando los acontecimientos. No era yo quien disponía las cosas en mi hogar, sino otra fuerza misteriosa, que ordenaba el curso de nuestra existencia y de la cual no éramos otra cosa que un dócil e insignificante instrumento. Todo parecía obedecer entonces al natural y eslabonado cumplimiento de una profecía.

Por la manera como abrió Meme el botiquín (en su fondo, todo el mundo debía saber que una mujer laboriosa que de la noche a la mañana pasa a ser concubina de un médico rural, termina, tarde o temprano, atendiendo un botiquín) supe que él había logrado acumular en nuestra casa mayor cantidad de dinero que la que habría podido calcularse, y que lo tenía en la gaveta, en billetes y monedas sin manosear, que tiraba al descuido en la caja desde los tiempos en que atendió a las consultas.

Cuando Meme abrió el botiquín, se suponía que él estaba aquí, en la trastienda, acorralado quién sabe por qué implacables bestias proféticas. Se sabía que no tomaba alimentos de la calle, que había plantado un huerto y que Meme compraba durante los primeros meses un pedazo de carne, para ella, pero que un año después había desistido de esa costumbre, quizá porque el contacto directo con su hombre terminó por volverla vegetariana. Entonces se encerraron los dos, hasta cuando las autoridades forzaron las puertas, registraron la casa y picaron el huerto, tratando de localizar el cadáver de Meme.

Se suponía que estaba aquí, encerrado, meciéndose en su hamaca vieja y raída. Pero yo sabía, aun en esos meses en que no se esperó su retorno al mundo de los vivos, que su impenitente encierro, su sorda batalla con la amenaza de Dios había de culminar mucho antes de que sobreviniera su muerte. Sabía que tarde o temprano había de salir, porque no hay hombre que pueda vivir media vida en el encierro, alejado de Dios, sin salir intempestivamente a rendirle al primer hombre que encuentre en la esquina, sin el menor esfuerzo, las cuentas que ni los grillos y el cepo; ni el martirio del fuego y el agua; ni la tortura de la cruz y el torno; ni la madera y los hierros candentes en los ojos y la sal eterna en la lengua y el potro de los tormentos; ni los azotes y las parrillas y el amor, le habrían hecho rendir a sus inquisidores. Y esa hora vendría para él, pocos años antes de su muerte.

Yo conocía esa verdad desde antes, desde la última noche en que conversamos en el corredor, y después cuando lo busqué en el cuartito para que atendiera a Meme. ¿Habría podido yo oponerme a su deseo de vivir con ella, en calidad de marido y mujer? Antes tal vez habría podido. Ahora no, porque otro capítulo de la fatalidad había empezado a cumplirse desde hacía tres meses.

Esa noche no ocupaba la hamaca. Se había tendido de espaldas en el catre y yacía con la cabeza echada hacia atrás, fijos los ojos en el lugar en que habría estado el techo de ser más intensa la luz de la palmatoria. Tenía bombilla eléctrica en el cuarto pero nunca la usó. Prefería yacer en la penumbra, con los ojos fijos en la oscuridad. No se movió cuando entré en la habitación, pero advertí que desde el momento en que pisé el umbral empezó a no sentirse solo. Entonces dije: «Si no es mucha molestia, doctor. Parece que la guajira no se siente bien.» Él se incorporó en la cama. Un momento antes no se sentía solo en la habitación. Ahora sabía que era yo quien se encontraba en ella. Sin duda eran dos sensaciones enteramente distintas, porque sufrió una inmediata transformación, se alisó el cabello y permaneció sentado al borde de la cama, esperando.

—Es Adelaida, doctor. Desea que usted vaya a ver a Meme —dije.

Y él, sentado, con su parsimoniosa voz de rumiante me respondió con un impacto:

—No será necesario. Lo que pasa es que ella está embarazada.

Después se inclinó hacia adelante, pareció examinar mi rostro, y dijo: «Hace años que Meme se acuesta conmigo.»

Debo confesar que no me sentí sorprendido. No sentí desconcierto, perplejidad ni cólera. No sentí nada. Tal vez su confesión era demasiado grave, a mi modo de ver, y se salía de los cauces normales de mi comprensión. Yo continuaba impasible y ni siquiera sabía por qué. Continuaba quieto, de pie, inmutable, tan frío como él, como su parsimoniosa voz de rumiante. Después, cuando transcurrió un silencio largo y él estaba todavía sentado en el catre, sin moverse, como esperando a que yo tomara la primera determinación, comprendí en toda su intensidad lo que él acababa de decirme. Pero entonces era demasiado tarde para desconcertarme.

—Desde luego que usted se da cuenta de la situación, doctor. —Eso fue todo lo que pude decir. Él dijo:

—Uno toma sus precauciones, coronel. Cuando se corre un riesgo, uno sabe cómo lo corre. Si algo falla es porque había algo imprevisto, fuera del alcance de uno.

Yo conocía esa clase de rodeos. Como siempre, ignoraba adónde pensaba llegar. Rodé una silla y me senté frente a él. Entonces abandonó el catre, apretó la hebilla del cinturón, se subió y ajustó los pantalones. Desde el extremo del cuarto siguió hablando. Dijo:

—Tan cierto es que he tomado mis precauciones, que es la segunda vez que está embarazada. La primera fue hace un año y medio y ustedes no pudieron darse cuenta de nada.

Seguía hablando sin emoción, moviéndose otra vez hacia el catre. En la oscuridad yo sentía sus pasos lentos y firmes sobre el enladrillado. Decía:

—Pero era que entonces ella estaba dispuesta a todo. Ahora no. Hace dos meses me dijo que otra vez estaba encinta y yo le dije lo mismo que en la primera ocasión: ven esta noche para prepararte lo mismo. Ella me dijo ese día que ahora no, que al día siguiente. Cuando fui a tomar el café a la cocina, le dije que la estaba esperando, pero ella dijo que no volvería jamás.

Había llegado frente al catre, pero no se sentó. Me dio de nuevo la espalda e inició otra vuelta alrededor del cuarto. Yo le oía hablar. Sentía el flujo y el reflujo de su voz, como si me hablara mientras se mecía en la hamaca. Decía las cosas con calma, pero con seguridad. Yo sabía que habría sido inútil tratar de interrumpirlo. Lo oía nada más. Y él decía:

—Sin embargo, vino dos días después. Yo tenía otro preparado. Le dije que se sentara ahí y fui a la mesa por el vaso. Entonces, cuando le dije, tómatelo, fue cuando me di cuenta que esta vez no lo haría. Me miró sin sonreír y dijo con un tonito de crueldad: «Éste no lo voy a botar. Éste lo voy a parir para criarlo.»

Yo me sentí exasperado por su serenidad. Le dije: «Eso no justifica nada, doctor. Usted no ha hecho otra cosa que una acción indigna dos veces; primero por las relaciones dentro de mi propia casa, después por el aborto.»

—Pero usted ha visto que hice todo lo que podía, coronel. Era lo más que podía hacer. Después, cuando vi que la cosa no tenía remedio, me dispuse a hablar con usted. Iba a hacerlo un día de éstos.

—Supongo que usted sabe que sí hay un remedio para esta clase de situaciones, cuando realmente se quiere lavar la afrenta. Usted sabe cuáles son los principios de quienes vivimos en esta casa —dije.

Y él dijo:

—No quiero ocasionarle ninguna molestia, coronel. Créamelo. Lo que iba a decirle era esto: me llevaré a la guajira a vivir en la casa que está desocupada en la esquina.

—En concubinato público, doctor —dije yo—. ¿Sabe lo que eso significa para nosotros?

Él retornó entonces al catre. Se sentó, se inclinó hacia adelante y habló con los codos apoyados en los muslos. Su acento se tornó diferente. Al principio era frío. Ahora empezaba a ser cruel y desafiante. Dijo:

—Estoy proponiéndole la única solución que no le crearía a usted ninguna incomodidad, coronel. La otra sería decir que el hijo no es mío.

—Meme lo diría —dije yo. Empezaba a sentirme indignado. Su manera de expresarse, ahora, resultaba demasiado desafiante y agresiva para que yo la recibiera con serenidad.

Pero él, duro, implacable, dijo:

—Créame con absoluta seguridad que Meme no lo diría. Porque estoy seguro de eso le digo que me la llevaré a la esquina, sólo para evitarle inconvenientes a usted. Nada más, coronel.

Con tanta seguridad se había atrevido a negar que Meme pudiera atribuirle la paternidad de su hijo, que me sentí ahora desconcertado. Algo me hacía pensar que su fuerza estaba arraigada mucho más abajo de las palabras. Dije:

—Nosotros confiamos en Meme como en nuestra hija, doctor. En este caso, ella estaría de nuestra parte.

—Si usted supiera lo que yo sé, no hablaría en esa forma, coronel. Perdone que se lo diga así, pero si usted compara a la india con su hija, ofende a su hija.

—Usted no tiene motivos para decir eso —dije yo.

Y él respondió, todavía con esa amarga dureza en la voz: «Los tengo. Y cuando le digo que ella no puede decir que yo soy el padre de su hijo, también tengo motivos para eso.»

Echó la cabeza hacia atrás. Respiró hondo, dijo:

—Si usted tuviera tiempo para vigilar a Meme cuando sale de noche, ni siquiera me exigiría que la lleve conmigo. En este caso el que corre el riesgo soy yo, coronel. Me echo encima un muerto para evitarle incomodidades.

Entonces comprendí que no pasaría con Meme ni por las puertas de la iglesia. Pero lo grave es que, después de sus últimas palabras, yo no me habría arriesgado a correr con lo que más tarde habría podido ser una tremenda carga para la conciencia. Había varias cartas a mi favor. Pero la única que él tenía le habría bastado para hacer una apuesta contra mi conciencia.

—Muy bien, doctor —dije—. Esta misma noche me encargaré de que le arreglen la casa de la esquina. Pero, de todos modos, quiero dejar constancia de que lo echo de mi casa, doctor. Usted no sale por su propia voluntad. El coronel Aureliano Buendía le habría hecho pagar bien cara la forma en que usted corresponde a su confianza.

Y cuando yo esperaba haber soliviantado sus instintos y aguardaba el desencadenamiento de sus oscuras fuerzas primarias, él me echó encima todo el peso de su dignidad.

—Usted es un hombre decente, coronel —dijo—. Todo el mundo lo sabe y he vivido en esta casa lo suficiente como para que usted no necesite recordármelo.

Cuando se puso en pie, no parecía triunfante. Parecía apenas satisfecho de haber podido corresponder a nuestras atenciones de ocho años. Era yo quien se sentía trastornado, culpable. Esa noche, viendo los gérmenes de la muerte que hacían visibles progresos en sus duros ojos amarillos, comprendí que mi actitud era egoísta y que por esa sola mancha de mi conciencia me correspondería sufrir en el resto de mi vida una tremenda expiación. Él, en cambio, estaba en paz consigo mismo; decía:

—En cuanto a Meme, que le den fricciones con alcohol. Pero que no la purguen.

10

Mi abuelo ha vuelto junto a mamá. Ella está sentada, completamente abstraída. El traje y el sombrero están aquí, en la silla, pero en ellos mi madre ha dejado de estar. Mi abuelo se acerca, la ve abstraída, y mueve el bastón frente a sus ojos, diciendo: «Despierte, niña.» Mi madre ha pestañeado, ha sacudido la cabeza. «¿En qué está pensando?», dice mi abuelo. Y ella, sonriendo laboriosamente: «Estaba pensando en *El Cachorro*.»

Mi abuelo se sienta otra vez junto a ella, la barba apoyada en el bastón. Dice: «Qué casualidad. Yo venía pensando lo mismo.»

Ellos entienden sus palabras. Hablan sin mirarse, mamá estirada en el asiento, dándose palmaditas en el brazo, y mi abuelo sentado junto a ella, todavía con la barba apoyada en el bastón. Pero aun así se entienden sus palabras, como nos entendemos Abraham y yo cuando vamos a ver a Lucrecia.

Yo le digo a Abraham: «Ahora teco tacando.» Abraham camina siempre adelante, como a tres pasos delante de mí. Sin volverse a mirar, dice: «Todavía no, dentro de un momento.» Y yo le digo: «Cuando teco alcutana viene revienta.» Abraham no vuelve la cara, pero yo lo siento reír en voz baja con una risa tonta y simple que es como el hilo de agua que queda temblando en los belfos del buey, cuando acaba de beber. Dice: «Eso debe ser como a las cinco.» Corre un poco más y dice: «Si vamos ahora puede reventar alcutana.» Pero yo insisto: «De todos modos, siempre está teco tacando.» Y él se vuelve hacia mí y echa a correr, diciendo: «Bueno, entonces vamos.»

Para ver a Lucrecia hay que pasar cinco patios llenos de árboles y zanjas. Hay que pasar por la paredilla verde con lagartos, donde antes cantaba el enano con voz de mujer. Abraham pasa corriendo, brillando como una hoja de metal bajo la claridad fuerte, con los talones acosados por los ladridos del perro. Luego se detiene. En ese momento estamos frente a la ventana. Decimos: «Lucrecia», poniendo la voz como si Lucrecia estuviera dormida. Pero está despierta, sentada en la cama, sin zapatos, con un ancho camisón blanco almidonado que la cubre hasta los tobillos.

Cuando hablamos, Lucrecia levanta la vista y la hace girar por el cuarto y clava en nosotros un ojo redondo y grande, como el de un alcaraván. Entonces se ríe y empieza a moverse hacia el centro del cuarto. Tiene la boca abierta y los dientes recortados y menudos. Tiene la cabeza redonda, con el cabello cortado como el de un hombre. Cuando llega al centro deja de reír, se agacha y mira hacia la puerta, hasta cuando las manos le llegan a los botillos y, lentamente, empieza a levantarse la camisa, con una lentitud calculada, a un tiempo cruel y desafiante. Abraham y yo seguimos asomados a la ventana mientras Lucrecia se levanta la camisa, los labios estirados en una mueca jadeante y ansiosa, fijo y resplandeciente su enorme ojo de alcaraván. Entonces vemos el vientre blanco que más abajo se convierte en el azul espeso, cuando ella se cubre la cara con el camisón y permanece así, estirada en el centro del dormitorio, las piernas juntas y apretadas con una temblorosa fuerza que le sube de los talones. De pronto se descubre la cara violentamente, nos señala con el índice, y el ojo luminoso salta de su órbita, en medio de los terribles aullidos que resuenan por toda la casa. Entonces se abre la puerta del cuarto y sale gritando la mujer: «¿Por qué no le van a joder la paciencia a su madre?»

Hace días que no vamos a ver a Lucrecia. Ahora vamos al río por el camino de las plantaciones. Si salimos temprano de esto, Abraham estará esperándome. Pero mi abuelo no se mueve. Está sentado junto a mamá, con la barba apoyada en el bastón. Yo me quedo mirándolo, examinando sus ojos detrás de los cristales, y él debe sentir que lo miro porque de pronto suspira con fuerza, se sacude y dice a mi madre con la voz apagada y triste: «*El Cachorro* los habría hecho venir a correazos.»

Después se levanta de la silla y camina hacia donde está el muerto.

....

Es la segunda vez que vengo a este cuarto. La primera, hace diez años, las cosas estaban en el mismo orden. Es como si él no hubiera vuelto a tocar nada desde entonces, o como si desde esa remota madrugada en que se vino a vivir con Meme no hubiera vuelto a ocuparse de su vida. Los papeles estaban en este mismo lugar. La mesa, la ropa escasa y ordinaria, todo ocupaba el mismo lugar que hoy ocupa. Como si hubiera sido ayer cuando *El Cachorro* y yo vinimos a concertar la paz entre este hombre y las autoridades.

Para entonces, la compañía bananera había acabado de exprimirnos, y se había ido de Macondo con los desperdicios de los desperdicios que nos había traído. Y con ellos se había ido la hojarasca, los últimos rastros de lo que fue el próspero Macondo de 1915. Aquí quedaba una aldea arruinada, con cuatro almacenes pobres y oscuros; ocupada por gente cesante y rencorosa, a quien atormentaban el recuerdo de un pasado próspero y la amargura de un presente agobiado y estático. Nada había entonces en el porvenir salvo un tenebroso y amenazante domingo electoral.

Seis meses antes, un pasquín amaneció clavado a las puertas de esta casa. Nadie se interesó por él, y aquí estuvo clavado durante mucho tiempo, hasta cuando las lloviznas finales lavaron sus oscuros caracteres, y el papel desapareció, arrastrado por los últimos vientos de febrero. Pero a fines de 1918, cuando la cercanía de las elecciones hizo pensar al gobierno en la necesidad de mantener despierto e irritado el nerviosismo de sus electores, alguien habló a las nuevas autoridades de este médico solitario, de cuya existencia hacía mucho tiempo que habría podido dar testimonio verídico. Debió decírseles que durante los primeros años la india que vivía con él atendió un botiquín que participó de la misma prosperidad que en aquellos tiempos favoreció aun a las más insignificantes actividades de Macondo. Un día (nadie recuerda en qué fecha, ni siquiera en qué año) la puerta de la tienda no se abrió. Se suponía que Meme y el doctor seguían viviendo aquí, encerrados, alimentándose con las legumbres que ellos mismos cultivaban en el patio. Pero en el pasquín que apareció en esta esquina se decía que el médico asesinó a su concubina y le dio sepultura en el huerto, por temor de que el pueblo se valiera de ella para envenenarlo. Lo inexplicable es que se dijera eso, en una época en que nadie habría tenido motivos para tramar la muerte del doctor. Me parece que las autoridades se habían olvidado de su existencia, hasta ese año en que el gobierno reforzó la policía y el resguardo con hombres de su confianza. Entonces se desenterró la olvidada leyenda del pasquín y las autoridades violaron esas puertas, registraron la casa, picaron el patio y sondearon el excusado tratando de localizar el cadáver de Meme. Pero no encontraron ni un solo rastro de ella.

En esa ocasión habrían arrastrado al doctor, lo habrían atropellado y seguramente habría sido un sacrificio más en la plaza pública y en nombre de la eficacia oficial. Pero *El Cachorro* intervino, fue a mi casa y me invitó a visitar al doctor, seguro de que yo obtendría de él una explicación satisfactoria.

Al entrar por la trasera, sorprendimos los escombros de un hombre abandonados en la hamaca. Nada en este mundo debe ser más tremendo que los escombros de un hombre. Y lo eran mucho más los de este ciudadano de ninguna parte que se incorporó en la hamaca cuando nos vio entrar, y parecía él mismo recubierto por la costra de polvo que cubría todas las cosas del cuarto. Tenía la cabeza acerada y todavía sus duros ojos amarillos conservaban la poderosa fuerza interior que les conocí en mi casa. Yo tenía la impresión de que si lo hubiéramos rozado con la uña el cuerpo se habría resquebrajado, convertido en un montón de aserrín humano. Se había cortado el bigote, pero no se rasuraba a ras de piel. Se deshacía de la barba con tijeras, así que su mentón no parecía sembrado de tallos duros y vigorosos, sino de pelusillas suaves y blancas. Viéndolo en la hamaca, yo pensaba: *Ahora no parece un hombre. Ahora parece un cadáver al que todavía no se le han muerto los ojos.*

Cuando habló, su voz fue la misma parsimoniosa voz de rumiante que trajo a nuestra casa. Dijo que no tenía nada que decir. Dijo, como si creyera que lo ignorábamos, que la policía había violado las puertas y había picado el patio sin su consentimiento. Pero aquello no era una protesta. Era apenas una quejumbrosa y melancólica confidencia.

En cuanto a lo de Meme, nos dio una explicación que habría podido parecer pueril, pero que fue dicha por él con el mismo acento con que habría dicho su verdad. Dijo que Meme se había ido, eso era todo. Cuando cerró la tienda empezó a fastidiarse en la casa. No hablaba con nadie, no tenía comunicación alguna con el mundo exterior. Dijo que un día la vio arreglando la maleta y no le dijo nada. Dijo que todavía no le dijo nada cuando la vio con el vestido de calle, los tacones altos y la maleta en la mano, parada en el vano de la puerta pero sin hablar, apenas como si se estuviera mostrando así, arreglada, para que él supiera que se iba. «Entonces —dijo— me levanté y le di el dinero que quedaba en la gaveta.»

Yo le dije: «¿Cuánto tiempo hace, doctor?»

Y él dijo: «Calcúlelo por mi cabello. Era ella quien me lo cortaba.»

El Cachorro habló muy poco en esa visita. Desde su entrada a la habitación parecía impresionado por la visión del único hombre que no conoció en quince años de estar en Macondo. Esta vez me di cuenta (y mejor que nunca, acaso porque el doctor se había cortado el bigote) del extraordinario parecido de esos dos hombres. No era exactos, pero parecían hermanos. El uno era varios años mayor, más delgado y escuálido. Pero había entre ellos la comunidad de rasgos que existe entre dos hermanos, aunque el uno se parezca al padre y el otro a la madre. Entonces me acordé de la última noche en el corredor. Dije:

—Éste es *El Cachorro*, doctor. Alguna vez usted me prometió visitarlo.

Él sonrió. Miró al sacerdote y dijo: «Es verdad, coronel. No sé por qué no lo hice.» Y siguió mirándolo, examinándolo, hasta cuando *El Cachorro* habló.

—Nunca es tarde para quien bien comienza —dijo—. Me gustaría ser su amigo.

En el acto me di cuenta de que, frente al extraño, *El Cachorro* había perdido su fuerza habitual. Hablaba con timidez, sin la inflexible seguridad con que su voz tronaba en el púlpito, leyendo en tono trascendental y amenazante las predicciones atmosféricas del almanaque Bristol.

Ésa fue la primera vez que se vieron. Y fue también la última. Sin embargo, la vida del doctor se prolongó hasta esa madrugada porque *El Cachorro* intervino otra vez a su favor la noche en que le suplicaron que atendiera a los heridos y él ni siquiera abrió la puerta, y le gritaron esa terrible sentencia cuyo cumplimiento yo me encargaré ahora de impedir.

Nos disponíamos a abandonar la casa cuando me acordé de algo que desde hacía años deseaba preguntarle. Dije a *El Cachorro* que yo seguiría aquí, con el doctor, mientras él intercedía ante las autoridades. Cuando estuvimos solos, le dije:

—Dígame una cosa, doctor: ¿Qué fue de la criatura?

Él no modificó la expresión. «¿Qué criatura, coronel?», dijo. Y yo le dije: «La de ustedes.

Meme estaba encinta cuando salió de mi casa.»
Y él, tranquilo, imperturbable:

—Tiene razón, coronel. Hasta me había olvidado de eso.

....

Mi padre ha permanecido silencioso. Luego
ha dicho: «*El Cachorro* los habría hecho venir a
correazos.» Los ojos de mi padre manifiestan
una frenada nerviosidad. Y mientras se prolonga
esta espera que va para media hora (pues deben
ser alrededor de las tres) me preocupaba la perplejidad del niño, su expresión absorta que nada
parece preguntar, su indiferencia abstracta y fría
que lo hace idéntico a su padre. Mi hijo va a
disolverse en el aire abrasante de este miércoles como le ocurrió a Martín hace nueve años,
mientras movía la mano en la ventanilla del tren
y desaparecía para siempre. Serán vanos todos
mis sacrificios por este hijo si continúa pare-
ciéndose a su padre. En vano rogaré a Dios que
haga de él un hombre de carne y hueso, que tenga volumen, peso y color como los hombres. En
vano todo mientras tenga en la sangre los gérmenes de su padre.

Hace cinco años, el niño no tenía nada de
Martín. Ahora lo va adquiriendo todo, desde
cuando Genoveva García regresó a Macondo
con sus seis hijos, entre los cuales había dos pa-

res de gemelos. Genoveva estaba gorda y envejecida. Le habían salido unas venillas azules en
torno a los ojos, que le daban cierta apariencia
de suciedad a su rostro anteriormente limpio y
terso. Manifestaba una ruidosa y desordenada
felicidad en medio de su pollada de zapatitos
blancos y arandelas de organdí. Yo sabía que
Genoveva se había fugado con el director de una
compañía de tiriteros y sentía no sé qué extraña
sensación de repugnancia viendo a esos hijos suyos que parecían tener movimientos automáti-
cos, como regidos por un solo mecanismo central; pequeños e inquietantemente iguales entre
sí, los seis con idénticos zapatos e idénticas
arandelas en el vestido. Me parecía dolorosa y
triste la desorganizada felicidad de Genoveva,
su presencia recargada de accesorios urbanos en
un pueblo arruinado, aniquilado por el polvo.
Había algo amargo, como una inconsolable ridiculez, en su manera de moverse, de parecer afor-
tunada y de dolerse de nuestros sistemas de vida
tan diferentes, decía, a los conocidos por ella en
la compañía de titiriteros.

   Viéndola, yo me acordaba de otros tiempos.
Le dije: «Estás gordísima, mujer.» Y entonces
ella se puso triste. Dijo: «Debe ser que los recuerdos hacen engordar.» Y se quedó mirando
al niño con atención. Dijo: «¿Y qué hubo del
brujo de los cuatro botones?» Y yo le respondí,
a secas, porque sabía que ella lo sabía: «Se fue.»

Y Genoveva dijo: «¿Y no te dejó más que éste?» Y yo le dije que sí, que sólo me había dejado al niño. Genoveva rió con una risa descosida y vulgar. «Se necesita ser bien flojo para no hacer sino un hijo en cinco años», dijo, y continuó, sin dejar de moverse, cacareando entre la pollada revuelta: «Y yo que estaba loca por él. Te juro que te lo habría quitado si no hubiera sido porque lo conocimos en el velorio de un niño. En ese tiempo era muy supersticiosa.»

Fue antes de despedirse cuando Genoveva se quedó contemplando al niño y dijo: «De verdad que es idéntico a él. No le falta sino el saco de cuatro botones.» Y desde ese instante el niño empezó a parecerme igual a su padre, como si Genoveva le hubiera traído el maleficio de su identidad. En ciertas ocasiones lo he sorprendido con los codos apoyados en la mesa, la cabeza ladeada sobre el hombro izquierdo y la mirada nebulosa vuelta hacia ninguna parte. Es igual a Martín cuando se recostaba contra los tiestos de claveles del pasamano y decía: «Aunque no fuera por ti, me quedaría a vivir en Macondo para toda la vida.» A veces tengo la impresión de que lo va a decir, como podría decirlo ahora que está sentado junto a mí, taciturno, tocándose la nariz congestionada por el calor. «¿Te duele?», le pregunto. Y él dice que no, que estaba pensando que no podría sostener los anteojos. «No tienes que preocuparte de eso», le digo, y le deshago el lazo del cuello. Digo: «Cuando lleguemos a la casa te reposarás para darte un baño.» Y luego miro hacia donde mi padre acaba de decir: «Cataure», llamando al más viejo de los guajiros. Es un indio espeso y bajo, que ha estado fumando en la cama y que al oír su nombre levanta la cabeza y busca el rostro de mi padre con sus pequeños ojos sombríos. Pero cuando mi padre va a hablar de nuevo, se oyen en el cuartito de atrás las pisadas del alcalde que entra en la habitación, tambaleando.

11

Este mediodía ha sido terrible en nuestra casa. Aunque para mí no fue una sorpresa la noticia de su muerte, pues desde hace tiempo la esperaba, no podía suponer que ella produciría semejantes trastornos en mi casa. Alguien debía acompañarme a este entierro y yo pensaba que ese acompañante sería mi mujer, sobre todo después de mi enfermedad, hace tres años, y de esa tarde en que ella encontró el bastoncillo con la mano de plata y la bailarinita de cuerda, cuando registraba las gavetas de mi escritorio. Creo que para esa época nos habíamos olvidado del juguete. Pero aquella tarde hicimos funcionar el mecanismo y la bailarinita bailó como en otros tiempos, animada por la música que antes era festiva y que después del largo silencio en la gaveta sonaba taciturna y nostálgica. Adelaida la miraba bailar y recordaba. Después se volvió hacia mí, con la mirada humedecida por una sencilla tristeza.

—¿De quién te acuerdas? —dijo.

Y yo sabía en quién estaba pensando Adelaida, mientras el juguete entristecía el recinto con su musiquita gastada.

—¿Qué habrá sido de él? —dijo mi esposa, recordando, sacudida quizás por el aleteo de aquellos tiempos en que él aparecía en la puerta del cuarto, a las seis de la tarde, y colgaba la lámpara en el dintel.

—Está en la esquina —dije yo—. Un día de éstos se morirá y nosotros debemos enterrarlo.

Adelaida guardó silencio, absorta en el baile del juguete, y yo me sentí contagiado de su nostalgia. Le dije: «Siempre he deseado saber con quién lo confundiste el día que vino. Arreglaste aquella mesa porque se te pareció a alguien.»

Y Adelaida dijo, con una sonrisa gris:

—Te reirías de mí si te dijera a quién se me pareció cuando se puso ahí, en el rincón, con la bailarina en la mano. —Y señaló con el dedo hacia el vacío donde lo vio veinticuatro años antes, con las botas enterizas y el vestido que parecía un uniforme de militar.

Creí que esa tarde se habían reconciliado en el recuerdo, así que hoy le dije a mi mujer que se vistiera de negro para acompañarme. Pero el juguete está otra vez en el cajón. La música ha perdido su afecto. Adelaida está ahora aniquilándose. Está triste, devastada, y se pasa horas enteras rezando en el cuarto. «Sólo a ti se te podía ocurrir hacer ese entierro», me dijo. «Después de todas las desgracias que han caído sobre nosotros, lo único que nos faltaba era este maldito año bisiesto. Y después el diluvio.» Traté de persuadirla de que tenía mi palabra de honor comprometida en esta empresa.

—No podemos negar que le debo la vida —dije.

Y ella dijo:

—Era él quien nos debía a nosotros. No hizo otra cosa al salvarte la vida, que saldar una deuda de ocho años de cama, comida y ropa limpia.

Luego rodó un asiento hacia el pasamano. Y aún debe de estar allí, con los ojos nublados por la pesadumbre y la superstición. Tan decidida me pareció su actitud, que traté de tranquilizarla. «Está bien. En ese caso iré con Isabel», dije. Y ella no respondió. Continuó sentada, inviolable, hasta cuando nos disponíamos a salir, y yo le dije, creyendo que la complacía: «Mientras regresamos, vete al oratorio y reza por nosotros.» Entonces volteó la cabeza hacia la puerta, diciendo: «Ni siquiera voy a rezar. Mis oraciones seguirán siendo inútiles mientras esa mujer venga todos los martes a pedir una ramita de toronjil.» Y había en su voz una oscura y trastornada rebeldía:

—Me quedaré aquí, aplanada, hasta la hora del Juicio. Si es que para entonces el comején no se ha comido la silla.

....

Mi padre se detiene con el cuello estirado, oyendo las pisadas conocidas que avanzan por el cuarto de atrás. Entonces olvida lo que pensaba decirle a Cataure, y trata de dar una vuelta sobre sí mismo, apoyado en el bastón, pero la pierna inútil le falla en la vuelta, y está a punto de irse de bruces, como se fue hace tres años cuando cayó en el charco de limonada entre los ruidos del jarro que rodó por el suelo y los zuecos y el mecedor y el llanto del niño que fue la única persona que lo vio caer.

Desde entonces cojea, desde entonces arrastra la pierna que se le endureció después de esa semana de amargos padecimientos, de los cuales creíamos no verlo repuesto jamás. Ahora, viéndolo así, recobrando el equilibrio por el apoyo que le presta el alcalde, pienso que en esa pierna inhábil está el secreto del compromiso que se dispone a cumplir contra la voluntad del pueblo.

Tal vez su gratitud venga desde entonces. Desde cuando se fue de bruces en el corredor, diciendo que sentía como si lo hubieran empujado de una torre, y los dos últimos médicos que quedaban en Macondo aconsejaron que se le preparara para una buena muerte. Yo lo recuerdo al quinto día de postración disminuido entre las sábanas; recuerdo su cuerpo diezmado, como el cuerpo de *El Cachorro* que el año anterior había sido conducido al cementerio por todos los habitantes de Macondo, en una apretada y conmovida procesión floral. Dentro del ataúd, su majestuosidad tenía el mismo fondo de irremediable desconsolado abandono que yo veía en el rostro de mi padre en esos días en que la alcoba se llenó de su voz y habló de aquel extraño militar que en la guerra del 85 apareció una noche en el campamento del coronel Aureliano Buendía, con el sombrero y las cotas adornadas con pieles y dientes y uñas de tigre, y le preguntaron: «¿Quién es usted?» Y el extraño militar no respondió; y le dijeron: «¿De dónde viene?» Y todavía no respondió; y le preguntaron: «¿De qué lado está combatiendo?» Y aun no obtuvieron respuesta alguna del militar desconocido, hasta cuando el ordenanza agarró un tizón y lo acercó a su rostro y lo examinó por un instante y exclamó, escandalizado: «¡Mierda! ¡Es el duque de Marlborough!»

En medio de aquella terrible alucinación, los médicos dieron orden de que lo bañaran. Así se hizo. Pero al día siguiente apenas si se podía advertir una imperceptible alteración en su vientre. Entonces los médicos abandonaron la casa y dijeron que lo único aconsejable era prepararlo para una buena muerte.

La alcoba quedó sumergida en la silenciosa atmósfera dentro de la que no se oía nada más que el lento y sosegado aleteo de la muerte, ese recóndito aleteo que en las alcobas de los moribundos huele a tufo de hombre. Después de que el padre Ángel le administró la extremaunción, transcurrieron muchas horas sin que nadie se moviera, contemplando el perfil anguloso del desahuciado. Luego sonó la campanilla del reloj y mi madrastra se dispuso a darle la cucharada. Lo levantamos por la cabeza, tratando de separar los dientes para que mi madrastra introdujera la cuchara. Entonces fue cuando se oyeron las pisadas despaciosas y afirmativas en el corredor. Mi madrastra detuvo la cuchara en el aire, dejó de murmurar su oración y se volvió hacia la puerta, paralizada por una repentina lividez. «Hasta en el purgatorio reconocería esas pisadas», alcanzó a decir en el preciso instante en que miramos hacia la puerta y vimos al doctor. Estaba ahí, en el umbral; mirándonos.

....

Digo a mi hija: «*El Cachorro* los habría hecho venir a correazos», y me dirijo hacia donde está el ataúd, pensando: *Desde cuando el doctor abandonó nuestra casa, yo estaba convencido de*

que nuestros actos eran ordenados por una vo-
luntad superior contra la cual no habríamos po-
dido rebelarnos, así lo hubiéramos procurado
con todas nuestras fuerzas o así hubiéramos asu-
mido la actitud estéril de Adelaida que se ha en-
cerrado a rezar.

Y mientras salvo la distancia que me separa del ataúd, viendo a mis hombres impasibles, sentados en la cama, me parece haber respirado en la primera bocanada del aire que hierve sobre el muerto, toda esa amarga materia de fatalidad que ha destruido a Macondo. Creo que el alcalde no demorará con el permiso para el entierro. Sé que afuera, en las calles atormentadas por el calor, está la gente esperando. Sé que hay mujeres asomadas a las ventanas, ansiosas de espectáculo, y que permanecen allí, asomadas, sin acordarse de que en los fogones está la leche hirviendo y el arroz seco. Pero creo incluso que esta última manifestación de rebeldía es superior a las posibilidades de este exprimido, estragado grupo de hombres. Su capacidad de lucha estaba desconcertada desde antes de ese domingo electoral en que se movieron, trazaron sus planes y fueron derrotados, y quedaron después con el convencimiento de que eran ellos quienes determinaban sus propios actos. Pero todo eso parecía dispuesto, ordenado para encauzar los hechos que, paso a paso, nos conducirían fatalmente a este miércoles.

Hace diez años, cuando sobrevino la ruina, el esfuerzo colectivo de quienes aspiraban a recuperarse habría sido suficiente para la reconstrucción. Habría bastado con salir a los campos estragados por la compañía bananera; limpiarlos de maleza y comenzar otra vez por el principio. Pero a la hojarasca la habían enseñado a ser impaciente; a no creer en el pasado ni en el futuro. Le habían enseñado a creer en el momento actual y a saciar en él la voracidad de sus apetitos. Poco tiempo se necesitó para que nos diéramos cuenta de que la hojarasca se había ido y de que sin ella era imposible la reconstrucción. Todo lo había traído la hojarasca y todo se lo había llevado. Después de ella sólo quedaba un domingo en los escombros de un pueblo, y el eterno trapisondista electoral en la última noche de Macondo, poniendo en la plaza pública cuatro damajuanas de aguardiente a disposición de la policía y el resguardo.

Si esa noche *El Cachorro* logró contenerlos a pesar de que aún estaba viva su rebeldía, hoy habría podido ir de casa en casa, armado de un perrero, y los habría obligado a enterrar a este hombre. *El Cachorro* los tenía sometidos a una disciplina férrea. Incluso después que murió el sacerdote, hace cuatro años —uno antes de mi enfermedad—, se manifestó esa disciplina en la manera apasionada como todo el mundo arrancó las flores y los arbustos de su huerto y los llevó a la tumba, a rendirle a *El Cachorro* su tributo final.

Este hombre fue el único que no asistió a ese entierro. Precisamente el único que le debía la vida a esa inquebrantable y contradictoria subordinación del pueblo al sacerdote. Porque la noche en que pusieron las cuatro demajuanas de aguardiente en la plaza, y Macondo fue un pueblo atropellado por un grupo de bárbaros armados; un pueblo empavorecido que enterraba a sus muertos en la fosa común, alguien debió de recordar que en esta esquina había un médico. Entonces fue cuando pusieron las parihuelas contra la puerta, y le gritaron (porque no abrió, habló desde adentro); le gritaron: «Doctor, atienda a estos heridos que ya los otros médicos no dan abasto», y él respondió: «Llévenlos a otra parte, yo no sé nada de esto»; y le dijeron: «Usted es el único médico que nos queda. Tiene que hacer una obra de caridad»; y él respondió (y tampoco abrió la puerta), imaginado por la turbamulta en la mitad de la sala, la lámpara en alto, iluminados los duros ojos amarillos: «Se me olvidó todo lo que sabía de eso. Llévenlos a otra parte», y siguió (porque la puerta no se abrió jamás) con la puerta cerrada, mientras hombres y mujeres de Macondo agonizaban frente a ella. La multitud habría sido capaz de todo esa noche. Se disponían a incendiar la casa y reducir a cenizas a su único habitante. Pero entonces apareció *El Cachorro*. Dicen que fue como si hubiera estado aquí, invisible, montando guardia para evitar la destrucción de la casa y el hombre. «Nadie tocará esta puerta», dicen que dijo *El Cachorro*. Y dicen que fue eso todo lo que dijo, abierto en cruz, iluminado por el resplandor de la furia rural su inexpresivo y frío rostro de calavera de vaca. Y entonces el impulso se refrenó, cambió de curso, pero tuvo aún fuerza suficiente para que gritaran esa sentencia que aseguraría, para todos los siglos, el advenimiento de este miércoles.

Caminando hacia la cama para decir a mis hombres que abran la puerta, pienso: *Debe venir de un momento a otro*. Y pienso que si antes de cinco minutos no ha llegado, sacaremos el ataúd sin la autorización y pondremos el muerto en la calle, así tenga que darle sepultura en el frente mismo de la casa. «Cataure», digo, llamando al mayor de mis hombres, y él apenas ha tenido tiempo de levantar la cabeza, cuando oigo las pisadas del alcalde avanzando por la pieza vecina.

Sé que viene directamente hacia mí, y trato de girar rápidamente sobre mis talones, apoyado en el bastón, pero me falla la pierna enferma y me voy hacia delante, seguro de que voy a caer y a romperme la cara contra el borde del ataúd, cuando tropiezo con su brazo y me aferro sólidamente a él, y oigo su voz de pacífica estupi-

dez, diciendo: «No se preocupe, coronel. Le
aseguro que no sucederá nada.» Y yo creo que
es así, pero sé que él lo dice para darse valor a sí
mismo. «No creo que pueda ocurrir nada», le
digo, pensando lo contrario, y él dice algo de las
ceibas del cementerio y me entrega la autorización del entierro. Sin leerla, yo la doblo, la guar-
do en el bolsillo del chaleco y le digo: «De todos
modos, lo que suceda tenía que suceder. Es
como si lo hubiera anunciado el almanaque.»

El alcalde se dirige a los guajiros. Les ordena
clavar el ataúd y abrir la puerta. Y yo los veo
moverse buscando el martillo y los clavos que
borrarán para siempre la visión de este hombre,
de este desamparado señor de ninguna parte que
vi por última vez hace tres años, frente a mi lecho de convaleciente, con la cabeza y el rostro
cuarteado por una prematura decrepitud. Entonces acababa de rescatarme de la muerte. La
misma fuerza que lo había llevado allí, que le había comunicado la noticia de mi enfermedad,
parecía ser la que lo sostenía frente a mi lecho de
convaleciente, diciendo:

—Sólo le falta ejercitar un poco esa pierna.
Es posible que tenga que usar bastón de ahora
en adelante.

Yo había de preguntarle dos días después
cuál era mi deuda, y él había de responder: «Usted no me debe nada, coronel. Pero si quiere hacerme un favor, écheme encima un poco de tie-

rra cuando amanezca tieso. Es lo único que necesito para que no me coman los gallinazos.»

En el mismo compromiso que me hacía contraer, en la manera de proponerlo, en el ritmo de sus pisadas sobre las baldosas del cuarto, se advertía que este hombre había empezado a morir desde mucho tiempo atrás, aunque habían de transcurrir aún tres años antes de que esa muerte aplazada y defectuosa se realizara por completo. Ese día ha sido el de hoy. Y hasta creo que no habría tenido necesidad de la soga. Un ligero soplo habría bastado para extinguir el último rescoldo de vida que quedaba en sus duros ojos amarillos. Yo había presentido todo eso desde la noche en que hablé con él en el cuartito, antes de que se viniera a vivir con Meme. Así que cuando me hizo contraer el compromiso que ahora voy a cumplir, no me sentí desconcertado. Sencillamente le dije:

—Es una petición innecesaria, doctor. Usted me conoce y debía saber que yo lo habría enterrado por encima de la cabeza de todo el mundo, aunque no le debiera la vida.

Y él, sonriente, por primera vez apaciguados sus duros ojos amarillos:

—Todo eso es cierto, coronel. Pero no olvide que un muerto no habría podido enterrarme.

. . . .

Ahora nadie podrá remediar esta vergüenza. El alcalde le ha entregado a mi padre la orden del entierro, y mi padre ha dicho: «De todos modos, lo que suceda tenía que suceder. Es como si lo hubiera anunciado el almanaque.» Y lo dijo con la misma indolencia con que se entregó a la suerte de Macondo, fiel a los baúles donde está guardada la ropa de todos los muertos anteriores a mi nacimiento. Desde entonces todo ha venido en declive. La misma energía de mi madrastra, su carácter férreo y dominante, se han transformado en una amarga congoja. Cada vez parece más lejana y taciturna, y es tanta su desilusión que esta tarde se ha sentado junto al pasamano y ha dicho: «Me quedaré aquí, aplanada hasta la hora del Juicio.»

Mi padre no había vuelto a imponer en nada su voluntad. Sólo hoy se ha incorporado para cumplir con este vergonzoso compromiso. Está aquí seguro de que todo transcurrirá sin consecuencias graves, viendo a los guajiros que se han puesto en movimiento para abrir la puerta y clavar el ataúd. Yo los veo acercarse, me pongo en pie, tomo al niño de la mano y ruedo la silla hacia la ventana, para no estar a la vista del pueblo cuando abran la puerta.

El niño está perplejo. Cuando me levanté me miró a la cara, con una expresión indescriptible, un poco aturdida. Pero ahora está perplejo, a mi lado, viendo a los guajiros que sudan a causa del esfuerzo que hacen por descorrer las argollas. Y con un penetrante y sostenido lamento de metal oxidado, la puerta se abre de par en par. Entonces veo otra vez la calle, el polvo luminoso, blanco y abrasador, que cubre las casas y que le ha dado al pueblo un lamentable aspecto de mueble arruinado. Es como si Dios hubiera declarado innecesario a Macondo y lo hubiera echado al rincón donde están los pueblos que han dejado de prestar servicio a la creación.

El niño, que en el primer instante debió deslumbrarse, con la claridad repentina (su mano tembló en la mía cuando se abrió la puerta), levanta de pronto la cabeza, concentrado, atento, y me pregunta: «¿Lo oyes?» Sólo entonces caigo en la cuenta de que en uno de los patios vecinos está dando la hora un alcaraván. «Sí», digo. «Ya deben ser las tres», casi en el preciso instante en que suena el primer golpe del martillo en el clavo.

Tratando de no escuchar ese sonido lacerante que me eriza la piel; procurando que el niño no descubra mi ofuscación, vuelvo el rostro hacia la ventana y veo, en la otra cuadra, los melancólicos y polvorientos almendros con nuestra casa al fondo. Sacudida por el soplo invisible de la destrucción, también ella está en víspera de un silencioso y definitivo derrumbamiento. Todo Macondo está así desde cuando lo exprimió la compañía bananera. La hiedra invade las casas, el monte crece en los callejones, se resquebrajan los muros y una se encuentra a pleno día con un lagarto en el dormitorio. Todo parece destruido desde cuando no volvimos a cultivar el romero y el nardo; desde cuando una mano invisible cuarteó la loza de Navidad en el armario y puso a engordar polillas en la ropa que nadie volvió a usar. Donde se afloja una puerta no hay una mano solícita dispuesta a repararla. Mi padre no tiene energías para moverse como lo hacía antes de esa postración que lo dejó cojeando para siempre. La señora Rebeca, detrás de su eterno ventilador, no se ocupa de nada que pueda repugnar al hambre de malevolencia que le provoca su estéril y atormentada viudez. Águeda está tullida, agobiada por una paciente enfermedad religiosa; y el padre Ángel no parece tener otra satisfacción que la de saborear en la siesta de todos los días su perseverante indigestión de albóndigas. La única que permanece invariable es la canción de las mellizas de San Jerónimo y esa misteriosa pordiosera que no parece envejecer y que desde hace veinte años viene todos los martes a la casa por una ramita de toronjil. Sólo el pito de un tren amarillo y polvoriento que no se lleva a nadie interrumpe el silencio cuatro veces al día. Y de noche, el tum-tum de la plantica eléctrica que dejó la compañía bananera cuando se fue de Macondo.

Veo la casa por la ventana y pienso que mi madrastra está allí, inmóvil en su silla, pensando quizás que antes de que nosotros regresemos habrá pasado ese viento final que borrará este pueblo. Todos se habrán ido entonces, menos nosotros, porque estamos atados a este suelo por un cuarto lleno de baúles en los que se conservan aún los utensilios domésticos y la ropa de los abuelos, de mis abuelos, y los toldos que usaron los caballos de mis padres cuando vinieron a Macondo huyendo de la guerra. Estamos sembrados a este suelo por el recuerdo de los muertos remotos cuyos huesos ya no podrían encontrarse a veinte brazas bajo la tierra. Los baúles están en el cuarto desde los últimos días de la guerra; y allí estarán esta tarde, cuando regresemos del entierro, si es que entonces no ha pasado todavía ese viento final que barrerá a Macondo, sus dormitorios llenos de lagartos y su gente taciturna, devastada por los recuerdos.

De pronto mi abuelo se levanta, se apoya en el bastón y estira su cabeza de pájaro en la que los anteojos parecen seguros, como si hicieran parte de su rostro. Creo que me resultaría muy difícil llevar anteojos. Con cualquier movimiento se soltarían de mis orejas. Y pensándolo, me doy golpecitos en la nariz. Mamá me mira y me pregunta: «¿Te duele?» Y yo le digo que no, que simplemente estaba pensando que no podría llevar anteojos. Y ella sonríe, respira profundamente y me dice: «Debes estar empapado.» Y es verdad, la ropa me arde en la piel, la pana verde y gruesa, cerrada hasta arriba, se me pega al cuerpo con el sudor y me produce una sensación mortificante. «Sí», digo. Y mi madre se inclina hacia mí, me suelta el lazo y me abanica el cuello, diciendo: «Cuando lleguemos a la casa te reposarás para darte un baño.» «Cataure», oigo...

En esto entra, por la puerta de atrás, otra vez el hombre del revólver. Al aparecer en el vano de la puerta se quita el sombrero y camina con cautela, como si temiera despertar al cadáver. Pero lo ha hecho para asustar a mi abuelo, que cae hacia delante empujado por el hombre, y tambalea, y logra agarrarse del brazo del mismo hombre que ha tratado de tumbarle. Los otros han dejado de fumar y permanecen sentados en la cama, ordenados como cuatro cuervos en un caballete. Cuando entra el del revólver los cuervos se inclinan y hablan en secreto y uno de ellos se levanta, camina hasta la mesa y coge la cajita de los clavos, y el martillo.

Mi abuelo está conversando con el hombre junto al ataúd. El hombre dice: «No se preocupe, coronel. Le aseguro que no sucederá nada.» Y mi abuelo dice: «No creo que pueda ocurrir nada.» Y el hombre dice: «Pueden enterrarlo del lado de afuera, contra la tapia izquierda del cementerio donde son más altas las ceibas.» Luego le entrega un papel a mi abuelo, diciendo: «Ya verá que todo sale muy bien.» Mi abuelo se apoya en el bastón con una mano y coge el papel con la otra y lo guarda en el bolsillo del chaleco, donde tiene el pequeñito y cuadrado reloj de oro con una leontina. Después dice: «De todos modos, lo que suceda tenía que suceder. Es como si lo hubiese anunciado el almanaque.»

El hombre dice: «Hay algunas personas en las ventanas, pero eso es pura curiosidad. Las mujeres siempre se asoman por cualquier cosa.» Pero creo que mi abuelo no lo ha oído, porque está mirando hacia la calle por la ventana. El hombre se mueve entonces, llega hasta la cama y dice a los hombres, mientras se abanica con el sombrero: «Ahora pueden clavarlo. Mientras tanto, abran la puerta para que entre un poco de fresco.»

Los hombres se ponen en movimiento. Uno de ellos se inclina sobre la caja con el martillo y los clavos y los otros se dirigen a la puerta. Mi madre se levanta. Está sudorosa y pálida. Rueda la silla, me toma de la mano y me hace a un lado para que puedan pasar los hombres que vinieron a abrir la puerta.

Al principio tratan de rodar la tranca que parece soldada a las oxidadas argollas, pero no pueden moverla. Es como si alguien estuviera recostado con fuerza del lado de la calle. Pero cuando uno de los hombres se apoya contra la puerta y golpea, se levanta en la habitación un ruido de madera, de goznes oxidados, de cerraduras soldadas por el tiempo, chapa sobre chapa, y la puerta se abre, enorme, como para que pasen dos hombres, el uno sobre el otro; y hay un crujido largo de la madera y los hierros despertados. Y antes de que tengamos tiempo de saber qué sucede, irrumpe la luz en la habitación, de espaldas, poderosa y perfecta, porque le han quitado el soporte que la sostuvo durante doscientos años y con la fuerza de doscientos bueyes, y cae de espaldas en la habitación, arrastrando la sombra de las cosas en su turbulenta caída. Los hombres se hacen brutalmente visibles, como un relámpago al mediodía, y tambalean, y me parece como si hubieran tenido que sostenerse para que no los tumbara la claridad.

Cuando se abre la puerta empieza a cantar un alcaraván en alguna parte del pueblo. Ahora veo la calle. Veo el polvo brillante y ardiente. Veo varios hombres recostados contra la acera opuesta, con los brazos cruzados, mirando hacia el cuarto. Oigo otra vez el alcaraván y digo a mamá: «¿Lo oyes?» Y ella dice que sí, que deben ser las tres. Pero Ada me ha dicho que los alcaravanes cantan cuando sienten el olor a muerto. Voy a decírselo a mi madre en el preciso instante en que oigo ruido intenso del martillo en la cabeza del primer clavo. El martillo golpea, golpea, y lo llena todo; reposa un segundo y golpea de nuevo, hiriendo la madera por seis veces consecutivas, despertando el prolongado y triste clamor de las tablas dormidas, mientras mi madre, con la cara vuelta hacia el otro lado, mira la calle por la ventana.

Cuando acaban de clavar se oye el canto de varios alcaravanes. Mi abuelo hace una señal a sus hombres. Éstos se inclinan, ladean el ataúd, mientras el que permanece en el rincón con el sombrero dice a mi abuelo: «No se preocupe, coronel.» Y entonces mi abuelo se vuelve hacia el rincón, agitado y con el cuello hinchado y cárdeno, como el de un gallo de pelea. Pero no dice nada. Es el hombre quien vuelve a hablar desde el rincón. Dice: «Hasta creo que en el pueblo no queda nadie que se acuerde de eso.»

En este instante siento verdaderamente el temblor en el vientre. *Ahora sí tengo ganas de ir allá atrás*, pienso; pero veo que ahora es demasiado tarde. Los hombres hacen un último esfuerzo; se estiran con los talones clavados en el suelo, y el ataúd queda flotando en la claridad, como si llevaran a sepultar un navío muerto.

Yo pienso: *Ahora sentirán el olor. Ahora todos los alcaravanes se pondrán a cantar.*

TAMBIÉN EN LA COLECCIÓN
AVE FÉNIX

G. García Márquez
en Ave Fénix

PREMIO NOBEL 1982

La aventura de Miguel Littín clandestino en Chile

Testimonio de la peripecia de un director de cine chileno sobre quien pesaba prohibición de regresar a su país.

El coronel no tiene quien le escriba

Historia de la injusticia cometida con un hombre que «no usaba sombrero para no tener que descubrirse ante nadie».

Crónica de una muerte anunciada

Fascinante análisis de la fatalidad y el tiempo cíclico, basado en un hecho histórico.

Los funerales de la Mamá Grande

Siete relatos y una novela corta bastan para perfilar los matices mágicos de un universo rebosante de vida y muerte.

DOCTOR : VOZ DE RUMIANTE   p 35
          OJOS DE PERRO (LASCIVIA) p 4
          ANIMAL EXTRAÑO y COMIDA
          DE BURRO   p 41